DOPPELTOT

GIDEON SAMSON

DOPPELTOT

Aus dem Niederländischen
von Rolf Erdorf

GERSTENBERG

Die Wahrheit ist nie genau das,
was man sich darunter vorstellt.

JOHAN CRUIJFF

Davor

Danach

Währenddessen

Davor

1. Zwei einwandfreie Mädchen

»He, Düüv.«

»Was ist?«

»Weißt du, was auch zum Lachen wäre?«

Es ist Freitagnachmittag und wir sitzen nach der Schule am Lila Weiher.

Wir, das sind Rifka und ich. Und Rifka ist meine beste Freundin. Sie lässt sich immer was einfallen.

»Mein Vater ist heute Nacht gestorben.«

»Was?!«

»Kleiner Scherz.«

So in der Art, aber auch Sachen, die wir tun könnten.

»Wollen wir eine rauchen?«

»Wieso?«

»Ist bestimmt zum Lachen.«

Mir kam es nicht zum Lachen vor und das war es auch nicht. Aber wir würden es tun. Rauchen: Für Rifka bestimmt nicht das erste Mal, da war ich mir sicher. Ich musste die ganze Zeit husten. Sie nicht.

»Du machst es nicht richtig«, sagte Rifka.

»Wie denn sonst?«

»Gib her.« Rifka nahm die Zigarette. Wir teilten uns eine. Wir hatten auch nur eine. Die hatte Rifka gestohlen, von Lehrer Paul. Dessen Päckchen lag immer offen auf seinem Pult. »Eine, das merkt er nicht«, hatte Rifka gemeint. Wir standen hinter dem Fahrradschuppen, kurz nach Schulschluss.

»Schau«, sagte Rifka, »so.« Sie zog daran. Es sah gut aus, genau so, wie man an einer Zigarette ziehen muss. »Siehst du?«, sagte Rifka.

Ich fragte mich, wo der ganze Rauch geblieben war, den sie aus der Zigarette gesaugt hatte.

»Düüv«, sagte Rifka. »Aufgepasst.« Sie reckte ihr Kinn ein klein wenig in die Luft und rief: »Ich bin ein Drache!«

Tatsächlich, da kam der Rauch. Jetzt erst, aus ihren Nasenlöchern. Rifka war wirklich ein Drache.

Ich bin Düüv. Oder Düük. Die anderen sagen beides, weil ich Düveke heiße. Rifka meint, es wäre ein einwandfreier Name.

»Genauso einwandfrei wie meiner«, sagte sie. »Rifka und Düveke sind zwei einwandfreie Mädchen.«

»Wie meinst du das?«

»Nur so«, sagte Rifka. »Oder findest du etwa nicht?«

»Doch.«

Manchmal sagt Rifka einfach so seltsame Sachen. Aber wir sind es tatsächlich - einwandfreie Mädchen. Das eine Mal Rauchen damals hatte nichts zu bedeuten.

Ein anderes Mal riefen wir beim Kindersorgentelefon an, aber auch das hatte nichts zu bedeuten. Wir fanden es einfach nur zum Lachen.

»Ich bin schwanger«, sagte Rifka.

»Wie alt bist du?«, fragte die Frau vom Kindersorgentelefon.

»Zwölf«, sagte Rifka.

Wir waren bei ihr zu Hause. Das Telefon stand auf laut, sodass ich alles mithören konnte. Rifka schaute mich an und legte den Zeigefinger an die Lippen. Mir wurde ganz heiß.

»Es ist unheimlich gut von dir, dass du das Kindersorgentelefon anrufst«, sagte die Frau. Sie tat sehr lieb und meinte, Rifka sei ein tapferes Mädchen. Dann fragte sie, ob Rifka ihr erzählen wolle, von wem sie schwanger sei.

»Das traue ich mich nicht«, sagte Rifka.

Die Frau hatte Verständnis. Sie tat noch lieber. Sie sagte, dass sie sehr gern helfen würde, dazu sei sie schließlich da. Rifka zwinkerte mir zu. Ich fühlte mein Herz hämmern. Die Frau hatte recht. Rifka war wirklich sehr tapfer.

»Ein Verwandter«, sagte Rifka durchs Telefon.

Die Frau erwiderte nichts. Vielleicht war sie erschrocken. Ich war erschrocken. Wir hatten vorher überhaupt nicht ausgemacht, was genau Rifka sagen würde.

»Ach, Mädchen«, sagte die Frau endlich.

Rifka fing an zu weinen. Das fand ich so was von stark! Aus ihren Augen kamen echte Tränen. Und die Frau vom Kindersorgentelefon wurde immer lieber und lieber. »Erzähl es mir ruhig«, sagte sie. »Wenn du magst.«

»Es ist ...«, weinte Rifka. Sie wartete etwas. Einen Schluchzer lang. Und danach sagte sie leise: »Es ist mein Bruder.«

Mir war ganz heiß. Die Frau sagte wieder eine Weile nichts. Man konnte durch die Lautsprecher hören, wie es in ihrem Hirn knirschte. Wenn man beim Kindersorgentelefon arbeitet, erzählen einem die Leute bestimmt oft schlimme Sachen. Dass sie von ihrem Vater geschlagen werden oder von ihrer Mutter ausgeschimpft. Aber das hier war wirklich sehr schlimm. Mehr als schlimm. Trotzdem hatte sich die Frau nun überlegt, was sie sagen sollte. »Ach, Mädel, liebes Mädchen«, sagte sie. »Ach herrje.«

Da erst sah ich, dass Rifka nicht weinte. Nicht mehr: Sie lachte! Lauthals, mit Freudentränen in den Augen. Rifka bekam sich nicht mehr ein. Also legte sie auf.

»Ach herrje!«, rief Rifka mit einer verrückt hohen Stimme durchs Wohnzimmer. »Ach herrje, herrjemine!«

Wir bekamen einen Lachanfall. Mir war auch nicht mehr heiß. Rifka hat überhaupt keinen Bruder.

Noch ein andermal nahmen wir Luuk sämtliche Murmeln ab und verteilten sie an alle. Aber das war, weil Luuk Bitch mit Locken gesagt hatte. Zu Rifka.

»Wir werden dem Lödeldödel mal eine Lektion erteilen«, sagte Rifka.

Ich nahm die Murmeln aus Luuks Fach. Es waren an die dreißig, alles Riesenmurmeln. Ich gab sie Rifka und die stopfte sich ihre Hosen- und Jackentaschen damit voll. In der großen Pause kletterte sie ins Krähennest. Das ist eine Art Mastkorb bei uns auf dem Schulhof, in den man hochklettern kann. Mit den Taschen voll Murmeln.

»Du gehst und versammelst das Volk«, sagte Rifka zu mir. »Und dann musst du sagen, dass ich streuen werde.«

Mit Volk meinte sie möglichst viele Kinder. Mit streuen meinte sie einfach streuen. Ich tat, was Rifka verlangte.

Kurz darauf standen wir oben im Krähennest. Zusammen. Unten im Sand standen die anderen und warteten. Das Volk. Viel Volk.

»Wer ...«, fragte Rifka nach unten, »... ist der King?«

»Rifka!«, rief das Volk.

»Ich höre euch nicht!«, sagte der King.

»RIFKA!«, rief das Volk wieder, lauter diesmal.

Dann holte der King eine Murmel aus der Tasche. Eine Panda. Sie streckte den Arm und öffnete die Hand. Die Panda fiel senkrecht in den Sand. Das Volk stürzte sich drauf. Zwei Jungs stießen mit den Köpfen aneinander. Wegen der Panda. Das fand Rifka zum Lachen.

»Wer ...«, fragte sie dann, »... will noch eine Murmel?«

»I-hich!«, rief das Volk.

»I-hich, King!, wolltet ihr sagen«, erwiderte Rifka.

Ja, das wollte das Volk. Und so bekam es noch eine Murmel.

Rifka ist eigentlich mehr eine Queen, aber King hörte sich ihrer Meinung nach viel besser an. Was natürlich auch stimmte.

Die ganze Pause lang taten alle alles, was Rifka sagte. Für Murmeln. Das war unsere Rache. An Luuk. Wegen der Bitch mit Locken.

Es hörte erst auf, nachdem es schon geschellt hatte. Rifka hatte alle Murmeln unters Volk gestreut und Luuk hatte die letzte gefangen. Einen Clownfisch meiner Meinung nach, oder einen Feuerball. Jedenfalls eine, in der ein Stück fehlte. Und das Stück trug Luuk schon den ganzen Tag selbst in seiner eigenen Hosentasche herum.

Wir nennen es R. D. F. Das bedeutet RIF + DÜÜV FOREVER. Es steht in all unseren Schulheften und auf unseren Tischen und auf der Rückseite des Fahrradschuppens. Rifka hat es auch mit einem Stift unten auf das Pult von Lehrer Paul geschrieben, aber das weiß nur ich.

Sie hat mich und ich habe sie. Mehr gibt es nicht und mehr brauchen wir auch nicht. Wir wollen niemanden sonst. Die Mädchen aus der Klasse sind für uns alle Dummtussis und die Jungs Lödeldödel.

Trotzdem sind alle immer nett zu uns. Das ist wegen Rifka. Nicht nur, weil sie sonst ihre ganzen Murmeln loswerden können. Es gibt noch einen anderen Grund. Ich kann das nicht gut erklären, es ist einfach so. Rifkas Freundin zu sein ist das Höchste, was man erreichen kann. Ja, das ist es so ungefähr, denke ich. Und darum möchten es alle.

Rifka selbst will es nicht. »Sollen sie sich doch in die Hosen scheißen«, sagte sie. »Es ist: wir gegen den Rest.«

Ich nickte.

»Du und ich haben nur ein Ziel, Düüv.«

»Was denn?«

»Wir beide müssen herrschen über das Volk der Dummtussis und Lödeldödel.«

Rifka hat das Sagen in der Klasse, und weil sie das Sagen hat, entscheidet sie, wann und zu wem wir nett sind. Ich bin Rifkas einzige und beste Freundin. Das kommt daher, dass sie nur mich richtig nett findet. »Du bist keine Dummtussi, Düüv«, hat sie mal gesagt. Das wusste ich natürlich, trotzdem war es schön zu hören.

Wir nennen es R. D. F. Und wir sind zwei einwandfreie Mädchen. Ehrenwort.

»He, Düüv.«

»Was ist?«

»Weißt du, was auch zum Lachen wäre?«

Wir sitzen am Lila Weiher. Das tun wir fast immer. Einfach so, weil wir irgendwo sitzen wollen. Und weil der Lila Weiher uns gehört. Außer uns kommt niemand hierher. Es ist ein Fleckchen Wasser am Waldrand. Eine Art kleiner See. Nichts daran ist lila und doch heißt er so. Warum, weiß ich nicht. Rifka schon. Oder auch nicht wirklich, aber sie denkt sich was aus. Immer. Warum der Lila Weiher Lila Weiher heißt, denkt sie sich also auch aus. Der Grund ist jedes Mal ein anderer.

»Irgendwann ist ein kleiner Junge verschwunden«, erzählte Rifka einmal. »Aus dem Dorf. Und den haben sie dann hier aus dem Weiher gefischt.«

»Ach.«

»Mausetot natürlich. Sein Kopf war ganz lila geworden.«

»Echt?«

»Vom Wasser.«

Ein andermal hieß er lila, weil ein lila Monster darin herumgeschwommen war. Und auch einmal, weil die Deutschen während des Krieges Leichen darin entsorgt hätten. »Die Nazis«, sagte Rifka. Und dass der Weiher von all dem Blut lila gewesen wäre.

»Blut ist doch nicht lila?«

»Im Wasser schon«, sagte Rifka. Sie wollte es sofort ausprobieren. »Hast du was Scharfes dabei?«

»Nein«, sagte ich.

»Schade«, meinte Rifka. Sie meinte auch, wir sollten künftig immer etwas Scharfes dabeihaben. Für alle Fälle.

»Ein Messer?«, fragte ich.

»Wenn es nur scharf ist«, sagte Rifka.

Ich sagte, mein Fahrradschlüssel wäre mir scharf genug. Das war nicht schlau. Unsere Räder lagen neben uns im Gras. Rifka ging gleich hin.

»Komm her mit deiner Hand, du!«, sagte sie. Sie zog meinen Schlüssel aus dem Schloss und zeigte damit in meine Richtung. Ich wollte nicht, dass sie mich schnitt. Das sollte sie lieber an sich selbst machen.

»Meinetwegen«, sagte Rifka. Sie streifte den Ärmel ihres Pullovers hoch und ratschte in einer schnellen Bewegung mit dem Fahrradschlüssel über die Innenseite ihres Arms. Über die zarte Stelle, da, wo außen der Ellbogen ist.

Es blutete sofort. Nicht sehr schlimm, trotzdem erschrak ich. Unter der zarten Stelle verlaufen die dicksten Adern und die dürfen nicht bluten. Außer wenn aus irgendeinem Grund ein Arzt mit einer Spritze hineinsticht.

»Oder wenn du ein Junkie bist!«, rief Rifka. »Die spritzen sich da ihr Heroin rein.« Sie ging zum Rand des Weihers, hockte sich hin und tauchte ihren Arm ins Wasser. »Siehst du?«, sagte Rifka. »Richtig lila.«

»Ja«, sagte ich.

Aber ich konnte nicht mehr hinschauen, denn ich kann kein Blut sehen.

»Na?«, frage ich. »Was wäre denn zum Lachen?«

Rifka guckt mich geheimnisvoll an. Mit so einem Rifka-Blick. Ich kenne diesen Blick sehr gut. Er bedeutet, dass sie sich wieder mal etwas ausgedacht hat.

»Was echt mal zum Lachen wäre«, sagt Rifka, »ist, bei meiner eigenen Beerdigung dabei zu sein.«

»Ach«, sage ich.

»Findest du den Plan nicht großartig?«, fragt Rifka.

»Jeder ist doch bei seiner eigenen Beerdigung dabei, oder?«

Rifka schüttelt den Kopf. »Ich meine, dass du dann noch lebst«, sagt sie. »Dass du es erlebst.«

»Das geht nicht.«

»Wieso nicht?«

»Man wird erst beerdigt, wenn man tot ist.«

Rifka nickt. Daran hat sie auch schon gedacht, trotzdem will sie es.

»Das kannst du noch so sehr wollen«, sage ich. »Das geht nicht.«

»Ich denke doch«, sagt Rifka.

»Wie denn?«

»Weiß ich noch nicht.«

Rifkas Gesicht ist auf einmal ganz ernst. Dann fragt sie: »Oder hast du vielleicht eine Idee?«

»Ich?«

»Ja, du. Wer sonst?«

Ich sage nichts, ich habe nämlich keine.

Rifka schüttelt langsam den Kopf. Sie versteht nicht, warum immer alles von ihr kommen muss. »Du kannst dir doch auch mal was einfallen lassen, oder?«

»Ja«, sage ich. »Aber bei seiner eigenen Beerdigung dabei zu sein, das geht einfach nicht.«

»Wirklich nicht?«

Jetzt schüttele ich den Kopf. Rifka lacht. So, wie sie oft lacht. Nicht weil etwas lustig ist, sondern weil sie meint, dass sie recht hat. Rifka hat oft recht.

»Weißt du, was dein Problem ist?«, fragt sie.

Ich sage nichts, denn ich weiß nicht, was mein Problem ist.

»Du denkst klein«, sagt Rifka.

Manchmal sagt sie einfach so irgendwas Seltsames. Klein denken. Ich habe keine Ahnung, was das bedeutet, also frage ich, was sie damit meint.

Rifka tut, als würde sie mich nicht hören. »Und wer klein denkt«, fährt sie fort, »der erreicht nichts im Leben.«

»Ach.«

»Ja«, sagt Rifka. »Genau das ist der Unterschied zwischen dir und mir. Du denkst klein. Ich denke groß.«

Klein und groß denken. Ob es das wirklich gibt?

Rifka sagt: »Und weil ich groß denke, erreiche ich auch was.«

»Was denn?«

Rifka lacht wieder ihr Lachen. »Ich werde meine eigene Beerdigung erleben«, sagt sie. »Weil ich es will. Und wenn ich was will, passiert es auch.«

Rifka denkt sich was aus, das tut sie immer. Aber ich kann mir echt nicht vorstellen, wie sie das hinbekommen will.

»Warte nur.« Sie klingt cool. »Wetten, dass mir bald was einfällt?«

Wir sind sehr lange still. Wir schauen aufs Wasser. Ab und zu wirft Rifka etwas hinein. Ein Steinchen oder einen Zweig. Die Zweige bleiben oben.

»Wie bist du eigentlich auf die Idee gekommen?«, frage ich. »Ich meine, bei deinem eigenen Begräbnis dabei sein zu wollen?«

Rifka lacht. »Das errätst du nie«, sagt sie. Und sofort danach, noch bevor ich es versuchen kann: »Durch Pferdeschwanz.«

Mit Pferdeschwanz meint sie Mori. Er war bei uns auf der Schule, sogar in unserer Klasse. Aber jetzt nicht mehr. Das muss ich erklären.

2. Die Geschichte von Mori (Pferdeschwanz)

Mori und seine Mutter sind letztes Jahr in unser Dorf gezogen. Das heißt, nicht richtig ins Dorf. Eher an den Rand. Aber der Ortsrand gehört ja auch dazu.

Als Mori und seine Mutter gerade neu zugezogen waren, redeten alle darüber. Sie haben vorher in der Stadt gewohnt, einen Vater gab es nicht und Mori war mit etwas am Herzen auf die Welt gekommen. Etwas, das nie mehr weggehen würde.

Mori und seine Mutter waren in das Haus eingezogen, das früher Fred und Ada Boymans gehört hatte. Papa nennt es einen Kasten von Haus. Er meint einen sehr großen Kasten, denn in dem Haus könnten mindestens zehn Leute wohnen. Und die zehn Leute könnten den ganzen Tag schreien und Musik machen, denn in der Nähe des Kastens stehen überhaupt keine anderen Häuser. Es ist ein Holzhaus, ein bisschen wie das von Pippi Langstrumpf. Rifka und ich haben uns einen neuen Namen dafür überlegt. Oder eigentlich war es Rifka. Villa Mori.

Vor zwei Monaten sagte Moris Mutter, sie wolle zurück in die Stadt. In unserem Dorf verstanden das alle sehr gut. Eine Frau so allein in dem Riesenhaus, das ist natürlich nichts.

Die Villa Mori steht jetzt leer. Es ist einfach wieder das alte Haus von Fred und Ada Boymans. Aber nicht für Rifka und mich. Wir werden es immer Villa Mori nennen.

»Was hältst du von Pferdeschwanz?«, fragte Rifka an dem Tag, als Mori zu uns in die Klasse kam.

Wir saßen hinten, er ganz vorn.

»Von wem?«

»Dem Neuen.«

»Weiß nicht«, antwortete ich. »Und du?«

»Meiner Meinung nach ist Pferdeschwanz ein ganz dummes Würstchen«, sagte Rifka.

»Er hat irgendwas am Herzen«, sagte ich, denn das hatte Mama mir erzählt.

Rifka nickte. Sie wusste es schon. »Wenn man gut hinschaut«, sagte sie, »dann sieht man es auch.«

»Von außen?«

Rifka kniff die Augen zu Schlitzen zusammen und betrachtete Mori. Ich guckte mit.

»Siehst du es?«, fragte Rifka.

Ich sah seine langen Haare. Irgendwie braun und zu einem Pferdeschwanz zusammengebunden. Bei uns hatte keiner der Jungs langes Haar. Und erst recht keinen Pferdeschwanz. Aber es hatte auch keiner etwas am Herzen.

»Siehst du es jetzt?«

»Ja«, sagte ich. »Ich sehe es.«

»Pferdeschwanz ist ein dummes Würstchen«, sagte Rifka noch einmal.

»Die Klappe halten da hinten!« Das war Lehrer Paul. Er meinte es halb ernst und halb scherzhaft. Lehrer Paul meint alles immer nur halb und halb.

Rifka findet, er ist auch nur ein halber Lehrer. Das hat sie einmal gesagt.

»Ja, Herr Lehrer«, sagte Rifka. »Entschuldigung, Herr Lehrer. Tut uns leid, Herr Lehrer.«

Lehrer Paul grinste. Er fand dieses Herr-Lehrer-Getue offenbar ganz witzig.

Mori kam nicht immer zur Schule. Er blieb oft zu Hause in seiner Villa. Dann war er krank. Aber wenn Mori kam, konnten Rifka und ich nie genug von ihm bekommen.

»Sollen wir in der Pause mit Pferdeschwanz spielen?«, fragte Rifka.

»Okay«, sagte ich.

Also machten wir das.

Mit Pferdeschwanz zu spielen fanden wir zum Lachen. Seine Mutter wollte nicht, dass er auf dem Schulhof etwas Gefährliches anstellte. Wegen seinem Herzen, aber Rifka glaubte das nicht.

»Ausreden«, sagte sie zu Mori.

»Es ist wirklich so«, sagte er.

»Fällst du dann tot um?«, fragte Rifka.

»Nicht sofort«, antwortete Mori. »Aber nach einer Weile vielleicht schon.«

Rifka schaute ihn an. Mit ihrem Rifka-Blick. »Das möchte ich gern mal sehen«, sagte sie.

»Das geht nicht«, sagte Mori.

»Rif.« Ich stieß Rifka gegen die Schulter. Ich kann kein Blut sehen und Tote erst recht nicht.

»Du willst es doch auch, Düüv?«

»Ich weiß nicht«, sagte ich. »Vielleicht sollten wir was anderes machen.«

Rifka tat, als hätte sie mich nicht gehört. »He, Pferdeschwanz«, sagte sie. »Traust du dich, auf den Baum da zu klettern?«

Sie zeigte darauf. Mori und ich schauten hoch. In dem Baum hing ein Rucksack.

»Was?«, rief Mori. »Das ist meiner!«

»So ein Zufall«, sagte Rifka.

Ich wusste nicht, wann sie den Rucksack in den Baum gehängt hatte. Rifka und ich machen viel zusammen, aber das hier nicht. Eigentlich war es auch nicht wirklich zum Lachen.

»Hol ihn runter!«, sagte Mori.

»Ich?«, fragte Rifka. »Es ist doch nicht mein Rucksack?«

Das stimmte, aber Mori durfte nicht auf den Baum. Denn dann hätte er tot umfallen können.

»Jeder, der auf einen Baum klettert, kann tot umfallen«, sagte Rifka. »Das riskiert man nun mal dabei.«

Mori ging weg. Ich wusste sofort, warum. Er würde uns verraten.

»Ach was«, sagte Rifka. Ohne ein weiteres Wort schwang sie sich selbst auf den Baum. Sie kletterte schnell von Ast zu Ast, fast wie ein Affe. Im Handumdrehen war sie wieder unten. Mit dem Rucksack. Aber da war Lehrer Paul auch schon da. Mit Mori. Und einer Leiter.

»Was soll das Theater?«, fragte er.

»In dem Baum hing ein Rucksack«, sagte Rifka.

Mori hatte geweint, das konnte man sehen. Ich war mir sicher, dass Rifka es auch sah.

»Ist das deiner?«, fragte Lehrer Paul Mori.

»Ja«, sagte Mori.

Rifka gab ihm den Rucksack.

»Warum hängst du Rucksäcke in Bäume?«, fragte Lehrer Paul sie.

Rifka schüttelte den Kopf. »Ich weiß wirklich nicht, wie er da hinaufgekommen ist, Herr Lehrer«, sagte sie. »Ich hab ihn bloß runtergeholt.«

»Stimmt das?« Lehrer Paul schaute mich an. Ich nickte.

»Hier wird nicht auf Bäume geklettert«, sagte Lehrer Paul. »Das ist lebensgefährlich.«

Wir schwiegen.

»Wenn nächstes Mal wieder ein Rucksack im Baum hängt«, fuhr Lehrer Paul fort, »kommt ihr einfach und sagt es mir. Und dann bringen wir es gemeinsam in Ordnung.«

Das wollte er mit uns vereinbaren, also sagten wir Ja.

Lehrer Paul ging wieder weg. Mit der Leiter. Und mit Mori. Der hatte seinen Rucksack jetzt umgehängt.

»Was für ein dummes Würstchen, oder?«, sagte Rifka.

»Ja«, sagte ich.

Rifka nickte. »Pferdeschwanz ist der dümmste Lödeldödel der Klasse«, sagte sie.

Dann mussten wir ganz laut lachen, wegen dem, was Lehrer Paul gesagt hatte. Wenn nächstes Mal wieder ein Rucksack im Baum hängt. Wir kriegten uns fast nicht mehr ein.

»Ich habe eine Idee«, sagte Rifka eine Woche nach dem Rucksack im Baum.

»Was denn?«

»Wir sorgen dafür, dass Pferdeschwanz kein Pferdeschwanz mehr ist.«

Bis hierher klang es noch nett.

»Wir schneiden ihm die Haare ab.«

Das klang schon weniger nett. »Warum?«, fragte ich.

»Weil seine Kräfte dann langsam aus ihm herausfließen«, sagte Rifka.

Es klang sehr echt, so wie sie das sagte, aber ich kapierte es nicht. »Wie meinst du das?«

»Wie meine ich was?«

»Das mit den Kräften.«

Rifka schwieg einen Moment lang. Dann sagte sie: »Wenn wir ihm seinen Pferdeschwanz abschneiden, werden wir sein Meister und er wird unser Sklave.«

»Aber wenn er das nicht will?«, fragte ich.

»Ich will es«, sagte Rifka. »Ist doch zum Lachen, oder?«

Ich war mir nicht sicher, ob das zum Lachen war. Und ich wusste auch nicht, wie wir es anstellen sollten, das mit dem Haareabschneiden. Aber Rifka hatte sich schon wieder was überlegt.

»Im Zeltlager«, sagte sie. »Wenn alle schlafen.«

»Traust du dich das?«, fragte ich.

»Wir trauen uns alles«, sagte Rifka. »Oder, Düüv?«

Das Ferienlager der Klasse war erst in einem Monat. Rifka und ich hatten noch genug Zeit, unseren Plan vorzubereiten. Die letzte Nacht dort sollte es passieren. Die hatten wir ausgesucht.

Wenn wir dann erwischt wurden, konnte uns niemand mehr nach Hause schicken.

Rifka kam auch mit einer speziellen Schere an. Einer langen, schwarzen. Wir saßen am Lila Weiher. Rifka holte sie aus dem Nichts zum Vorschein.

»Hier, Düüv. Das nenne ich scharf!« Sie öffnete die Schere und steckte zum Spaß ihren Zeigefinger zwischen die Klingen. »Wenn ich jetzt schneide«, sagte sie, »ist gleich der Finger ab.«

»Besser nicht.«

Rifka lächelte und sagte: »Ein Schnitt, und der Pferdeschwanz ist dran.«

»Ab«, sagte ich.

»Nein, dran«, sagte Rifka. »So heißt das nämlich.« Sie hielt die Schere ein Stück hoch und schnitt einige Male damit in die Luft. Schnipp. Schnapp. Man konnte hören, wie scharf sie war.

»Willst du etwas von meinem Haar?«, fragte sie dann plötzlich.

»Was meinst du?«

Schnipp. Es war schon passiert. Rifka hatte sich selbst eine Haarsträhne abgeschnitten. Eine Locke. Sie gab sie mir. »Jetzt will ich etwas von deinem«, sagte sie.

Noch bevor ich etwas sagen konnte, bewegte sie die Schere auf mich zu. Ich erschrak und drehte den Kopf weg. Eine Spitze der Schere stach mich ins Gesicht. »Au!«, rief ich.

»Du blutest«, sagte Rifka.

Ich befühlte meine Wange. Feucht. Ich kann kein Blut sehen.

»Tut es weh?«, fragte Rifka.

Ich schüttelte den Kopf und blickte auf meine Hand. Rot. Ich spürte, wie mir schwindelig wurde. Etwas drückte gegen meine Wange. Es war weich. Der Ärmel von Rifkas weißem Pullover.

»Sieh dir das an, Düüv!« Rifkas Stimme klang hoch und laut. »Echt viel Blut! Das ist nicht mehr normal!«

Mein Kopf bewegte sich zu dem vorhin noch weißen Pullover. Auch rot. Ich fiel fast in Ohnmacht.

Zu Hause fragte Mama, wie ich an die Verletzung kam.

»Welche Verletzung?«

»In deinem Gesicht.«

Mir fiel so schnell nichts ein, also sagte ich die halbe Wahrheit. Von einer Schere, aus Versehen. Meine Hände ließ ich in den Taschen. So wirkte es eher wie nebenher, aber Mama wollte doch die Einzelheiten erfahren. Sie fasste mich am Kinn und drehte meinen Kopf zur Seite. Sie betrachtete meine Wange eine ganze Weile.

»Es ist nicht mehr als eine kleine Schramme«, sagte sie schließlich. »Aber du musst vorsichtig sein mit scharfen Gegenständen, Dükje. Das weißt du doch, oder?«

»Ja.«

»Düveke?«

»Ja, Ma.«

»Schau mich bitte an, wenn ich mit dir rede.«

Ich schaute Mama an. Sie guckte sehr ernst zurück.

»Keine verrückten Sachen mit Scheren anstellen!«, sagte sie. »Oder mit Messern. Versprichst du mir das?«

In meiner Tasche fühlte ich Rifkas Locke. Ich klemmte sie mir zwischen Daumen und Zeigefinger.

»Versprichst du mir das?«, fragte Mama noch einmal. »Wirklich nie machen, hörst du?« Sie klang streng. Ich versprach es. Danach ging ich in mein Zimmer und da tat ich Rifkas Locke in mein Heiliges Kästchen.

Es liegt versteckt unter meinem Bett. Es war nicht immer mein Heiliges Kästchen. Früher war es ein einfacher Schuhkarton. Ein brauner Karton für grüne Sportschuhe, die ich unbedingt haben wollte. Mama fand sie nicht billig, trotzdem bekam ich sie. Sie kosteten sechzig Euro, und das kann man immer noch sehen. Es steht auf einem kleinen Aufkleber auf der Seite des Kästchens. Jetzt sieht es so aus, als würde mein Heiliges Kästchen sechzig Euro kosten, aber für mich ist es viel mehr wert.

Nach wenigen Monaten waren mir die Sportschuhe schon wieder zu klein. Das traute ich mich Mama nicht zu sagen. Zuerst trug ich sie weiter, aber als es wirklich sehr wehtat, versteckte ich sie unten in meinem Kleiderschrank. Mama bemerkte natürlich sofort, dass ich die Sportschuhe nicht mehr trug. Sie sagte, sie fände es nicht schlimm. Bloß superschade. Aber halt nicht schlimm.

Die Sportschuhe habe ich jetzt nicht mehr. Sondern nur noch das Kästchen. Mit einem schwarzen Filzstift habe ich H. K. auf den Deckel gemalt: Das steht für Heiliges Kästchen. Und darunter steht: *Geheim!!! Finger weg!!!*

In meinem Heiligen Kästchen sind wichtige Sachen. Heilige Sachen. Ein kleiner Kieselstein, der wie ein lachendes Gesicht aussieht und bei Oma auf dem Kiesweg lag. Der durchsichtige, orangefarbene Eislöffel von damals, als wir in Frankreich zum zweiten Mal an einem Tag Eis gegessen haben. Eine schwarze Scherbe von einem Glasfigürchen, das ich aus Versehen habe fallen lassen. Und jetzt auch Rifkas Haarlocke, die sie sich eigens für mich abgeschnitten hat.

In den Wochen vor dem Ferienlager fehlte Mori immer öfter in der Schule.

»Leute«, sagte Lehrer Paul. »Wir schreiben ihm eine Karte und wünschen ihm gute Besserung.«

Jemand fragte, ob Mori sehr krank wäre. Lehrer Paul wusste es nicht so genau.

»Er kommt aber doch mit ins Ferienlager?«, rief Rifka.

»Lieb von dir, dass du daran denkst«, sagte Lehrer Paul. »Aber ich kann nichts versprechen. Hoffen wir es.«

»Ja«, sagte Rifka und zu mir flüsterte sie: »Unser Plan muss was werden.«

Aber aus dem Plan wurde nichts.

Die Tage vor unserer Abfahrt war Mori überhaupt nicht mehr

in der Schule gewesen und an dem Tag selbst glaubten Rifka und ich schon nicht mehr daran.

Wir saßen im Bus und warteten. Alle waren da, außer Mori.

»Der feige Lödeldödel traut sich bloß nicht«, sagte Rifka.

Dann kam Lehrer Paul in den Bus. »Tja, Leute, leider«, sagte er. »Mori ist zu krank, um mitzukommen.«

Wir fuhren los, ohne Mori. Rifka verteilte ganz viele Süßigkeiten. Zuerst musste man sagen, sie wäre die Allerliebste, und dann bekam man einen Schaumfrosch oder eine Schaumbanane. Danach musste man sagen, sie wäre die Klügste, und das wurde dann mit einer Lakritzschnecke oder ein paar Weingummis belohnt. Ich brauchte nichts zu sagen, sondern bekam die Süßigkeiten auch so. Weil wir beste Freundinnen sind. R. D. F. eben.

Das Zeltlager war schön. Ich war froh, dass Mori nicht da war und unser Plan ins Wasser fiel. Den Zopf abschneiden in der letzten Nacht. Die ganzen Tage und Nächte davor wäre ich bestimmt fürchterlich nervös gewesen. Jetzt litt ich unter gar nichts. Es gab kleine Theaterstücke und Karaoke-Nummern und superschöne Spiele. Lebendiges Stratego. Hints. El-Pe-Ge-Weh. Das stand für Lehrer Pauls Großes Wissensquiz. Eigentlich stand El-Pe-Ge mal für was anderes, aber Lehrer Paul sagte, das sei ihm vollkommen schnurz. Donnerstag gab es einen Abschiedsabend. Nachts sind wir auch noch zu den Jungs geschlichen. Und am Ende hatten alle keine Stimme mehr.

»Eine himmlische Ruhe«, sagte Lehrer Paul, als wir am Freitagnachmittag wieder im Bus nach Hause saßen. Er nannte uns seine liebe kleine Klasse.

Am Montag nach dem Ferienlager erfuhren wir es. In der Schule. Lehrer Paul sagte, alle sollten mal ruhig sein.

»Ich weiß nicht recht, wie ich es euch sagen soll«, meinte er.

»Pferdeschwanz ist tot«, flüsterte Rifka.

Ich kicherte, aber es war überhaupt nicht witzig. Denn Mori war wirklich tot. Es war ihm schon die ganze Woche hindurch fürchterlich schlecht gegangen. Das heißt, unsere Ferienwoche über. Und am Wochenende war es passiert.

Manche Kinder aus der Klasse fingen an zu weinen. Lehrer Paul verstand das sehr gut. Er wusste nicht, was er sagen sollte. Wir durften ganz lange draußen spielen und danach den ganzen Tag zeichnen. Fast alle zeichneten einen Jungen mit Pferdeschwanz.

»Freitag gehen wir zur Beerdigung«, sagte Lehrer Paul. »Dann nehmen wir all die schönen Bilder mit.«

Am Ende des Tages standen fast alle Eltern auf dem Schulhof, um uns abzuholen, während normalerweise jeder selbst nach Hause geht. Aber jetzt war nicht normalerweise. Jetzt war es ein seltsamer Tag mit Bildermalen. Mit Weinen und Draußenspielen und redenden Eltern auf dem Schulhof. Jetzt war Pferdeschwanz tot.

Mori, meine ich. Ich meine einfach Mori.

3. Ein wasserdichter Plan

Wir sitzen in der Klasse. Es ist Montag. Montags haben wir immer Niederländische Geschichte. Heute geht es um die Entführung von Freddy Heineken. In unserem Geschichtsbuch steht überhaupt nichts über ihn, aber Lehrer Paul sagt, alles, was mit Bier zu tun hat, wäre wichtig. Und dass es eine sehr spannende Geschichte sei. Er erzählt, dass Freddy Heineken der Chef der Bierbrauerei war. Alle tranken das Bier. Übrigens tun sie das immer noch. Darum war der Mann steinreich. Und darum wollten ihn einige Männer entführen.

»Psst!«, flüstert Rifka.

»Was?«

»Ich weiß es.«

»Was weißt du?«

Lehrer Paul erzählt, wie Freddy Heineken und sein Fahrer in einen Lagerschuppen gesperrt wurden. Von den Männern. Die beiden saßen dort mehr als zwanzig Tage fest und die Männer wollten sie nur gegen ein hohes Lösegeld wieder freilassen.

»Ich weiß, wie wir es machen müssen«, sagt Rifka.

»Was machen?«

»Meine Beerdigung.«

Ach ja. Ich hatte gar nicht mehr daran gedacht. Rifka lässt sich so viel einfallen und immer wieder etwas Neues. Aber die verrückte Beerdigung hat sie offenbar nicht vergessen.

»Wie denn?«, frage ich.

Lehrer Paul schaut zu uns herüber. »Können die Mäulchen zu bleiben, wenn ich gerade eine Geschichte erzähle?«, fragt er.

Ich spüre, dass ich rot werde. Rifka lacht den Lehrer an. Mit den Lippen macht sie ein Kussmäulchen und das hält sie zu. Lehrer Paul muss grinsen.

»Willst du es wissen?«, fragt Rifka.

Es ist Pause. Wir stehen einfach irgendwie rum und beobachten die Lödeldödel. Die sind voll mit Fußballspielen beschäftigt. Rifka sagte gerade noch, sie hätte madderfacking viel Lust zu rauchen, aber keine Kippen. Das klang cool. Vielleicht raucht Rifka ja öfter. Wenn ich nicht dabei bin. Ich kann nicht rauchen, also hat sie da nicht so viel an mir.

»Willst du es jetzt wissen, ja oder nein?«, fragt Rifka.

»Was noch mal?«

Rifka seufzt. »Meine Beerdigung! Wie wir das machen!«

Ich nicke einfach.

Rifka lächelt. »Weißt du, wie?«, sagt sie. »Du darfst nicht an einen Sarg denken.«

»Wie meinst du das?«

»Wenn man im Sarg liegt, merkt man von der ganzen Beerdigung nichts.«

»Na so was«, sage ich. »Weil man dann tot ist.«

»Auch wenn man noch lebt, funktioniert es nicht«, sagt Rifka. »So ein Sarg ist total dunkel, weil ein Deckel drauf ist.«

»Das heißt, wenn du dabei sein willst, muss der Sarg leer sein?«

Rifka lächelt wieder. »Das habe ich erst auch gedacht«, sagt sie. »Aber ich wusste nicht, wie. Und gerade in der Klasse ist mir was viel Besseres eingefallen.«

»Was denn?«

»Überhaupt kein Sarg.«

Rifka schaut mich an, als hätte sie sich etwas Großartiges ausgedacht. Und vielleicht ist es das auch, aber ich kapiere rein gar nichts. Was ist schon eine Beerdigung ohne Sarg? Oma wurde verbrannt. Das heißt, dass sie den Sarg am Ende in einen großen Ofen schieben. Aber auch das ist immer noch mit einem Sarg. Eine Beerdigung ohne Sarg gibt es glaube ich nicht.

»Gibt es doch«, sagt Rifka.

»Wie denn?«

»Wenn deine Leiche verschwunden ist.«

»Das geht doch nicht?«

»Doch«, sagt Rifka. »Das geht ganz einfach. Wenn du zum Beispiel ertrinkst und sie dich dann nie mehr wiederfinden. Das hört man so oft.«

Ich denke an den Jungen aus dem Dorf, den sie Rifka zufolge aus dem Weiher gefischt haben. An den lila Kopf.

»Oder wenn ein Haus abbrennt«, sagt Rifka. »Und man da völlig mitverbrennt. Oder wenn eine Bombe explodiert und es die Leute, die zufällig in der Nähe waren, in hunderttausend kleine Stückchen zerfetzt.«

Ich verstehe, was Rifka meint. Ertrinken, verbrennen und in Stücke zerfetzt werden klingt logisch. Dann ist man echt weg.

»Aber was auch sein kann«, fährt Rifka fort, »ist, dass du verschwindest und nie mehr auftauchst.«

»Wie meinst du das?«

»Dass du vermisst wirst.«

»Vermisst?«

Rifka nickt.

»Und wo sind diese Leute dann?«

Rifka zuckt mit den Schultern. »Tja«, sagt sie. »Das weiß eben niemand. Sonst würden die vermissten Leute wohl wieder zum Vorschein kommen.«

»Passiert das denn nie?«

»Manchmal schon.«

»Und dann?«

»Hast du vorhin nicht zugehört?«, fragt Rifka.

»Ich stehe doch neben dir.«

»Lehrer Paul zugehört, du Spacko!«

Rifka sagt, vermisste Leute wären meistens vorher entführt worden. So wie Freddy Heineken. Ich glaube, ich verstehe langsam, worauf sie hinauswill. Aber den Besitzer der Brauerei hatte man doch wiedergefunden?

»Ja, aber mich demnächst nicht«, sagt Rifka.

Mädchen werden ihrer Meinung nach ziemlich oft von unheimlichen Männern entführt. Kinderverführern und so. Und wenn die dann keine Lust mehr haben, bringen sie die vermissten Mädchen um.

Mir wird heiß von Rifkas Gerede. Es ist nicht schön, was sie sagt. Ich habe Angst, dass ich Albträume davon bekomme, die habe ich ziemlich oft.

»Und weißt du, was sie anschließend tun?«, sagt Rifka. »Anschließend werfen sie die Mädchen in einen Wassergraben oder in eine Grube oder einen Brunnen. Manchmal werden sie da dann gefunden. Aber manchmal auch nicht.«

Jetzt bin ich mir sicher, dass ich heute Nacht schlecht schlafe. Und morgen Nacht auch.

»Wenn man eine Zeit lang vermisst wird«, sagt Rifka, »veranstalten die Leute, die zurückbleiben, von selbst ein Begräbnis oder eine Abschiedsfeier.«

Ich sehe ein ganz liebes Mädchen vor mir. Oder vielleicht bin ich es auch selbst. Und ich sehe einen ganz großen Brunnen. So einen Wasserbrunnen hinten in einem unheimlichen Garten. Unendlich tief. Wie in Filmen oder in Träumen. Dass du fällst. Und fällst. Und fällst. Und dann wachst du auf. Oder sie veranstalten eine Abschiedsfeier für dich.

»Nach wie langer Zeit denn?«, frage ich.

»Das kommt drauf an.«

»Worauf an?«

»Wie groß die Chance ist, dass du doch noch lebend zurückkommst.«

Ich verstehe nicht, woher man je wissen kann, wie groß diese Chance ist. Vermisst ist vermisst. Das heißt doch gerade, dass man es nicht sicher wissen kann.

»Wenn deine Tochter vermisst wird ...«, beginnt Rifka.

»Ich habe doch keine Tochter.«

»Dann stell dir eben vor, du hättest eine«, sagt Rifka. »Und stell dir auch mal eben vor, du bekämst danach einen Brief von ein paar unheimlichen Männern, in dem steht, sie hätten deine Tochter entführt.«

Ich habe keine Lust, mir mich mit einer Tochter vorzustellen. Einer entführten Tochter, daran hat man wenig.

»Was denkst du, wenn du so einen Brief bekommst?«

Mir fällt nichts ein, aber Rifka besteht auf einer Antwort. »Na?« fragt sie.

»Dann denke ich, dass sie entführt wurde«, sage ich also.

»Und wenn du jetzt einige Zeit später noch so einen Brief bekommst, in dem steht, dass sie tot ist, was denkst du dann?«

Ich seufze. Das hier ist ein dummes Gespräch, trotzdem antworte ich. »Dass sie tot ist.«

»Und das heißt?«

Endlich verstehe ich, worauf Rifka hinauswill. »Du meinst, du willst dich selbst entführen?«

Ja. Das meint sie.

Eine gefakte Entführung.

Mit einem gefakten Brief.

Ein gefakter Tod.

Und dann also eine echte Trauerfeier.

Sie selbst findet, sie hat sich das ziemlich gut ausgedacht.

»Es kommen sehr viele Leute zu meiner Beerdigung«, sagt Rifka. »Und zwischen denen kann ich mich dann leicht verstecken. Klingt das nicht zum Lachen?«

Es klingt gestört, aber das sage ich nicht, sondern halte den Mund.

»Ich will es wirklich durchziehen, hörst du?«, sagt Rifka.

»Und das heißt, es geht auch wirklich«, sage ich.

Rifka nickt zufrieden. Dann erklärt sie mir, was sie sich sonst noch überlegt hat. Es geht weit über eine Entführung und einen Brief hinaus.

Erst müssen wir uns ein Versteck überlegen. Da werden wir dann Sachen bereitlegen. Zum Anziehen und Essen und so. Danach wirft Rifka ihr Fahrrad irgendwo am Dorfrand hin und verschwindet in ihrem Versteck.

»Warum das mit dem Rad?«, frage ich.

»Das gehört dazu«, sagt Rifka. »Dann denken sie, jemand hätte mich da heruntergezerrt.«

Wenn ihr Fahrrad gefunden wird, sitzt Rifka schon sicher in ihrem Versteck und ist verschwunden. Dann bekommen ihre Eltern einen Brief. In dem steht, dass Rifka entführt wurde und dass die Entführer innerhalb von einem Tag eine Million wollen.

»Haben deine Eltern im Lotto gewonnen?«, frage ich.

Rifka schüttelt den Kopf. »Ach was«, sagt sie. »Darum geht es ja gerade. Sie haben das Geld nicht, also können sie es auch niemals bezahlen. Und dann schicken wir noch einen Brief. Darin schreiben wir, dass sie bestraft werden, weil sie nicht bezahlt haben. Wir schreiben, dass wir mich umbringen.«

»Und dann passiert es«, sage ich.

»Genau.« Rifka lächelt. Sie hat sich schon überlegt, was sie anziehen wird. Zu ihrer eigenen Beerdigung, meine ich. Ein schwarzes Kleidchen. Das hat sie einmal in einem kleinen Geschäft in der Stadt gestohlen. Erst anprobiert, dann die Hose drüber. Ganz einfach. Aber Rifka hat es noch nie angehabt. Ihre Eltern hätten sie bestimmt gefragt, woher das Kleid stammte.

»Es gibt auch Regeln«, sagt Rifka. »Verstehst du das?«

»Was für Regeln?«

»Regel eins.« Rifka schaut mich streng an. »Du hältst den Schnabel, und zwar gegenüber jedem.«

»Logisch«, sage ich.

»Auch gegenüber deinem Papi und deiner Mami«, sagt Rifka. »Und gegenüber Olivier. Und gegenüber Wasweißichwem. Einfach den Mund halten, du. Mäulchen zu!«

»Ja, verstanden«, sage ich.

»Regel zwei. Die Sachen, die wir brauchen, dürfen nicht von mir zu Hause sein, das würde nämlich auffallen.« Rifka meint, dass sie sich von mir Sachen zum Anziehen leihen muss. Und Sachen, die sie in ihrem Versteck sonst noch braucht. »Verstanden?«

»Ja«, sage ich. »Aber ich begreife nicht, was nach der Beerdigung geschehen soll.«

»Wie meinst du das?«

Ich frage mich, was Rifka tun will, wenn alles vorbei ist. Kommt sie dann einfach so wieder nach Hause?

»Ja«, meint Rifka.

»Und dann?«

»Dann nichts«, sagt Rifka. »Ich erzähle ihnen, dass ich entkommen konnte. Alle sind viel zu froh, dass ich wieder zurück bin. Vielleicht muss ich bei der Polizei noch Fotos anschauen, um zu sehen, ob die sogenannten Entführer dabei sind. Ich erkenne natürlich niemanden. Und das war's. Doch ganz easy, oder?«

So wie Rifka es sagt, klingt es tatsächlich recht einfach. Trotzdem kommt es mir schwierig vor. Es darf nichts schiefgehen und bei so seltsamen Lügengeschichten geht fast immer etwas schief.

»Hast du dir das alles gerade erst ausgedacht?«, frage ich.

Rifka nickt zufrieden und betrachtet mich mit ihrem Rifka-Blick. »Es ist ein wasserdichter Plan«, sagt sie. »Habe ich recht oder nicht?«

Ich sage nichts.

»Sag, dass ich recht habe!«

»Ja«, sage ich. »Du hast recht.«

Rifka nickt wieder. Trotzdem frage ich zur Sicherheit noch mal, ob wir es wirklich tun werden.

»Ja, Düüv«, sagt Rifka. »Das hier werden wir ausnahmsweise mal wirklich durchziehen.«

Einer der Lödeldödel schießt den Ball aus Versehen in unsere Richtung. Er rollt direkt vor Rifkas Füße. Sie tritt fest dagegen und er fliegt über den Zaun. Jetzt muss jemand hinüberklettern und den Ball zurückholen. Das findet Rifka zum Lachen und das ist es auch.

4. Ich werde dich immer lieben

Wir brauchen ein Zelt. Rifka will lieber eine Hütte bauen, aber ich sage, dass es schwer ist, eine Hütte wasserdicht zu bekommen. Das weiß ich zufällig. Olivier und ich haben sehr viele Hütten gebaut.

»Ich will nicht, dass es mir auf den Kopf regnet«, sagt Rifka.

»Dann brauchen wir ein Zelt.«

Bei uns auf dem Dachboden liegen Zelte. Unser großes, gelbes dreieckiges und zwei kleine Igluzelte. Die roten runden.

»Bekommen wir die aufgebaut?«, fragt Rifka.

»Ja«, sage ich.

Rifka meint, ich solle morgen so ein rotes rundes mit zur Schule bringen. Dann können wir es nach der Schule aufbauen. Beim Lila Weiher.

»Wie soll ich das denn mitbringen?«, frage ich.

»Lass dir was einfallen.«

»Okay«, sage ich, aber mir etwas einfallen zu lassen fällt mir schwer. Eigentlich immer.

»Komm«, sagt Rifka. »Wir gehen zu mir. Ich weiß was Schönes.«

Seht ihr? Rifka hat schon wieder einen neuen Plan im Kopf. Sie ist diejenige mit den Ideen. Nicht ich.

»Wir beginnen mit Michael Jackson«, sagt Rifka. »Der ist auch tot.«

Wir stehen vor dem Schrank unten bei Rifka im Wohnzimmer. Ihre Eltern haben eine große CD-Sammlung. Viel Klassik. Auch viel merkwürdige Musik. Rifka sagt, ihre Mutter nennt das Weltmusik.

»Welcher Song?«, frage ich.

Rifka holt eine CD von Michael Jackson aus dem Schrank. Sie schaut auf die Rückseite der Hülle. »Nummer sieben« sagt sie. »Ich glaube, das ist gut.«

»Welches ist das?«

Rifka steckt die CD in den CD-Player und klickt sich durch. Sie drückt auf Play. Traurige Geigen sind zu hören.

»Schön«, sage ich.

Rifka nickt. »Pass auf«, sagt sie, »jetzt.«

Die Geigen werden von einem Keyboard und einer Gitarre abgelöst. Michael Jackson fängt an zu singen. Sehr gefühlvoll und so.

Rifka macht ein zufriedenes Gesicht. Sie ist auch sehr gut in Englisch.

»Was bedeutet es?«, frage ich.

»Was bedeutet was?«

And it cuts like a knife.
She's out of my life.

»Das verstehst du doch, oder?«

»Nicht genau«, sage ich.

Rifka seufzt. »Erst singt er: Und es schneidet wie ein Messer«, erklärt sie. »Und dann: Sie ist aus meinem Leben.«

»Ach«, sage ich.

Mir gefallen die Zeilen. Schön und schaurig zugleich. In meinem Kopf versuche ich, sie so zu übersetzen, dass es sich reimt. Das macht nämlich Spaß. Ich mag Gedichte.

Das Messer schnitt mir durch die Seele.
Sie wird mir fehlen.

Nein. Nicht gut genug. Es muss noch etwas anders sein.

Wie ein Messer fühle ich den Schmerz,
Denn du fehlst mir so, mein Herz.

Nein, warte. So muss es sein:

Wie ein Messer fühle ich es schneiden.
Ohne sie muss ich so leiden.

»He, hallo! Hörst du mir überhaupt zu?« Das ist Rifka. Sie schaut mich böse an.

»Ja«, sage ich. »Entschuldige.«

»Also, ich hab dich was gefragt«, sagt sie. »Ob du dir den Song merken kannst. Oder soll ich es dir aufschreiben?«

Ich nicke. Und ich schüttele den Kopf. Ich sage, dass ich es mir merke.

»Schön.« Rifka hält den Kopf ein bisschen schräg. So liest sie die Titel der anderen CDs, die im Schrank stehen. Ab und zu holt sie eine heraus. Dann studiert sie die Hülle und stellt sie wieder zurück. Oder sie holt die CD heraus. So wie jetzt.

»Wann kommen deine Eltern nach Hause?«, frage ich.

»Jetzt gib doch mal Ruhe«, sagt Rifka. Sie drückt Michael Jackson auf Stopp und wechselt die CD. »Pst!« Sie drückt auf Play. »Und jetzt Schnabel halten.«

Ich sage nichts. Rifka sagt nichts. Musik ertönt, es ist Klassik. Rifka und ich haben keine Ahnung davon. Rifka meint, ihre Eltern auch nicht, obwohl sie viele Klassik-CDs haben. So wie diese. Barock für Anfänger.

»Ein lahmes Stück«, sagt Rifka. »Und auch nicht traurig genug.« Sie klickt weiter zum nächsten Musikstück. Und nach drei Sekunden schon wieder.

»So kannst du es doch nicht richtig hören!«

»Kann ich doch«, sagt Rifka. »Es muss von Anfang an perfekt sein. Sofort zum Weinen.«

Wieder ertönt Musik. Erst eine Geige, dann mehrere. Supertraurig. Super zum Weinen. Genau was Rifka vorschwebt, denke ich.

»Lahm«, sagt sie. »Das ist nichts.«

»Mir gefällt es.«

»Pech für dich«, sagt Rifka. »Es ist meine Beerdigung.« Sie drückt auf Stopp, holt die CD aus dem Player und packt sie wieder in die Hülle. »Klassik, das sollen sie selbst aussuchen«, meint sie.

»Wer?«

»Meine Eltern natürlich.«

»Ach ja.«

»Dann wird es ganz bestimmt zum Weinen.«

»Ja.«

Rifka hat schon wieder eine neue CD eingelegt. »Guck dir die an!«, ruft sie. »So ein komisches Weib!«

Ich schaue auf die Hülle. Rifka hat recht. Darauf ist eine blonde Frau abgebildet, aber sie sieht aus, wie keine blonde Frau jemals aussieht. Dolly Parton heißt sie. Und Rifka hat einen guten Song gefunden. I will always love you. Ich kenne ihn.

»Das habe ich öfter gehört«, sage ich. »Bloß von jemand anderem gesungen.«

Rifka zuckt mit den Schultern. »Ist mir egal«, sagt sie. »Mein Vater hat diesen Song früher immer gespielt und ich finde ihn total gut für die Beerdigung.«

Rifka hat wieder recht. Diese Dolly Parton singt, als würde sie jede Note aus ihren blonden Haaren pressen.

»Haha«, sagt Rifka. »Ich werde dich immer lieben. Ist das nicht ein madderfacking guter Text?«

»Ja«, sage ich.

»Merkst du es dir?«

Ich nicke, aber ich frage mich plötzlich, wie ich das später alles machen soll, mit der Musik. Ich kann Rifkas Eltern doch nicht erzählen, was sie auf der Beerdigung spielen sollen?

»Doch«, sagt Rifka.

»Aber ist das nicht ein bisschen seltsam?«

»Du musst sagen, es wären meine Lieblingssongs.«

»Was?«

»Der von Michael Jackson und der von dem blonden Weib. Und der hier!«

Rifka steckt eine CD von einem dunkelhäutigen Mann mit einer Sonnenbrille hinein. Erst hört man ein Baby brabbeln, danach singt der Mann etwas mit lovely. Eigentlich klingt es ziemlich fröhlich. Zu fröhlich vielleicht.

»Kann sein«, sagt Rifka. »Aber ich finde den Text so facking gut.«

Ich nicke, obwohl ich nicht ganz verstehe, was da gesungen wird.

Rifka seufzt. »Lass gut sein.« Eine Mundharmonika fängt an zu spielen und sie drückt auf Stopp. »Ich hasse Mundharmonikas«, sagt sie. »Doofe Dinger sind das, findest du nicht auch?«

Ich nicke wieder. Später muss ich Rifkas Eltern also erzählen, welche Musik ihre Tochter mag. Eigentlich habe ich Angst, dass mir das nicht gelingt. »Aber werden sie mir denn glauben?«, frage ich.

»Warum nicht?«

»Wissen sie denn nicht selbst, was deine Lieblingssongs sind?«

Rifka schüttelt den Kopf. »Ach was«, sagt sie. »Meine Eltern sind ein klitzekleines bisschen anders als deine.«

»Ach«, sage ich.

»Ja«, sagt Rifka. »Die von mir wissen nämlich nichts.«

5. Die Rückkehr Des Gefühls

Es ist Dienstagmorgen. Heute Nacht habe ich mir etwas überlegt. Ich lag schon lange im Bett. Schlafen konnte ich nicht, durfte ich auch nicht. Erst musste ich mir etwas Gutes ausdenken. Wie bekam ich das Zelt unbemerkt aus dem Haus? Ich zerbrach mir den Kopf. Und dann endlich fiel mir etwas ein. Das fand ich richtig gut von mir. Rifka ist die mit den Ideen, aber ich bin offenbar auch nicht so schlecht.

Noch vor dem Frühstück schleppe ich ein rotes Rundes vom Dachboden auf mein Zimmer. Das Innenzelt stopfe ich in meine Schultasche, zusammen mit den Heringen. Das Außenzelt passt nicht mehr hinein, das kommt in meine Sporttasche. Den übrig gebliebenen Sack mit den Stangen schiebe ich unter mein Bett, neben mein Heiliges Kästchen.

»Was waren das für Geräusche?«, fragt Mama, als ich nach unten komme.

»Welche Geräusche?«, fragt Olivier.

Ich tue, als hätte ich nichts gehört.

»Eine Art Klirren«, sagt Mama. Sie schaut mich an. »Meiner Meinung nach kam es aus deiner Tasche.«

»Murmeln«, sage ich.

»Ist wieder Murmelzeit?«, fragt Olivier.

In der Mittelstufe spielt niemand mehr mit Murmeln, also wissen sie da nie, wann Murmelzeit ist.

»Ja«, sage ich. »Hat gerade angefangen.«

Jetzt darf Mama nichts wegen meiner viel zu vollen Taschen fragen. Das wäre doof.

»Komm schön frühstücken«, sagt sie.

Mama guckt noch nicht mal nach meinen Taschen. Sie schaut auf das Brot und den Käse und die Schokostreusel.

Nach der Schule radeln Rifka und ich mit den Zeltplanen und den Heringen zum Lila Weiher.

»Jetzt noch die Stangen«, sagt Rifka.

»Die haben nicht in meine Tasche gepasst«, sage ich.

»Mist.«

»Ja.«

»Was machen wir?«

Ich sage, man könnte Zeltstangen auch aus Ästen machen. Beim Lila Weiher gibt es ein großes Waldstück, voll mit Bäumen und Ästen. Rifka und ich suchen wie verrückt, aber wir finden weder Äste noch Zweige, die sich als Stangen eignen.

»Komm«, sagt Rifka. »Wir fahren sie einfach holen.«

»Wen?«

»Fack: die Stangen, du Trantüte!«

»Wo?«

»Bei dir zu Hause natürlich.«

»Wie denn?«

Rifka seufzt. Dann schaut sie mich mit ihrem Rifka-Blick an und sagt: »Mir fällt schon was ein.«

Wir radeln zu mir. Olivier sitzt an dem großen Tisch im Wohnzimmer. Er hört Musik und macht Hausaufgaben. Als wir hereinkommen, hebt er den Kopf und zieht einen Stöpsel aus seinem Ohr.

»Grüß dich, Rifka«, sagt Olivier.

»Hallo Olli«, sagt Rifka. »Löst du gerade schwere Matheaufgaben?«

Olivier lacht.

»Wo ist Mama?«, frage ich.

»Oben«, sagt Olivier. »Am Aufräumen.«

Ich erschrecke. Manchmal nimmt sich Mama einfach so mein Zimmer vor oder den Dachboden. Wenn sie meint, dass alles allmählich ein großer Saustall wird.

»Ma!«, rufe ich nach oben. »Rifka ist da!«

Mama kommt sofort herunter. Ich beobachte ihr Gesicht. Nichts Besonderes zu sehen.

»Hallo Rifka, sieh an!«, sagt Mama. »Wie geht es dir?«

»Besser denn je«, sagt Rifka. »Ich weiß schon, auf welche Schule ich nächstes Jahr gehe.«

»Wirklich?«, fragt Mama.

Rifka nickt, aber ich verstehe es nicht. Wir wollten uns zusammen eine weiterführende Schule aussuchen. Entweder das Piet-Hein-Kolleg oder die Gesamtschule Johan de Wit, eins von beiden. Das haben wir so ausgemacht.

»Ich gehe aufs Pancratius«, sagt Rifka.

»Ach«, sagt Mama und schaut mich an. Das Pancratius ist ein Gymnasium. Mit Latein und Griechisch. Ich weiß nicht, ob ich das kann und auch will. Olivier geht schon aufs Piet Hein. Seiner Meinung nach ist das die einzige Schule in der Stadt, in der man es einigermaßen aushält.

»Aufs Gymnasium?«, fragt Mama.

Rifka nickt. Sie setzt sich an den Tisch, neben Olivier. Sie schaut auf sein Heft. »Soll ich dir mit Mathe helfen?«, fragt sie.

Olivier und Mama finden das witzig. Sie müssen darüber lachen. Mama sagt, dass sie Tee kocht. Ich folge ihr in die Küche. Rifka bleibt sitzen.

»Das Pancratius?«, fragt Mama, als wir allein sind. »Willst du da auch hin?«

»Vielleicht«, sage ich. »Es ginge doch?«

»Vielleicht, ja«, sagt Mama. »Aber Papa und ich fänden es nicht gut, wenn du sechs Jahre lang das Letzte aus dir herausholen müsstest.«

»Ach«, sage ich.

»Und was spricht gegen das Piet Hein?«, fragt Mama.

Ich habe keine Ahnung, was ich sagen soll, denn was gegen das Piet Hein spricht, weiß ich auch nicht.

»Du brauchst wirklich nicht dein ganzes Leben lang alles mit Rifka zusammen zu machen, weißt du?«, sagt Mama. »Es gibt genug andere nette Kinder. Und eigene Entscheidungen zu treffen ist auch sehr wichtig.«

»Weiß ich, Ma.« Ich habe ihr nie erzählt, wie Rifka und ich die Jungen und Mädchen in der Klasse nennen. Das ist natürlich geheim.

»Schon klar, dass du das weißt, Liebes. Wir reden später noch mal darüber, ja?«

»Okay«, sage ich.

Mama spült die Teekanne aus. Ich gehe aus der Küche und renne nach oben. Die Zeltstangen, sie liegen noch da. Unter meinem Bett, neben meinem Heiligen Kästchen. Ich hole sie hervor und werfe sie aus dem Fenster. Dann gehe ich wieder nach unten, Tee trinken. Ich komme genau im richtigen Moment.

Natürlich verstehe ich, was Rifka mit ihrer Geschichte vom Pancratius beabsichtigt. Das gehört zu unserem Plan. Die perfekte Ablenkung. So konnte sie sich an den Tisch setzen und ich konnte währenddessen unbemerkt nach oben gehen. Wegen der Stangen.

»Gute Idee«, sage ich, als wir wieder auf dem Fahrrad sitzen.

»Ja, nicht?«, sagt Rifka. »Fand ich auch.« Sie hat die Zeltstangen erst in ihre Jacke gewickelt und dann unter die Spanngurte ihres Gepäckträgers geklemmt.

»Willst du übrigens echt aufs Pancratius?«

»Vielleicht«, sagt Rifka. »Ich schaff das mit dem Gymnasium.«

»Ja«, sage ich. »Wir schaffen das.«

Rifka sagt nichts. Wir radeln weiter. Bis Rifka plötzlich bremst. »Ein Schlafsack!«, sagt sie. »Und eine Luftmatratze!«

Peng!

Ich spüre etwas. Und ich weiß auch sofort, was es ist. Das muss ich erklären.

Es ist das erste Mal nach langer Zeit, dass Das Gefühl wiederkommt. Ich nenne es so, weil ich keinen anderen Namen dafür weiß. Das Gefühl ähnelt ein bisschen dem, wie es ist, kurz bevor man ohnmächtig wird, nur ohne Ohnmacht.

Es kann zu jedem Moment des Tages kommen. Manchmal gibt es einen Grund dafür, oft kommt es auch aus dem Nichts. Peng!, da ist es. Das Gefühl. Mir wird angst und es ist, als würde ich gleich umkippen. Oder als würde die Welt gleich umkippen. Es muss ganz schnell etwas passieren, sonst geht alles schief.

Wirklich lang dauert Das Gefühl meistens nicht. Früher schon. Stundenlang manchmal. Abends war das, oder eigentlich nachts. Wenn ich im Bett lag.

»Düük, was hast du?«

»Es ist wieder da, Olli.«

»Was ist wieder da?«

»Das Gefühl.« Ich schlief so oft bei Olivier im Zimmer. Er verstand, was ich meinte, wovor ich Angst hatte.

»Ich bin bei dir.«

»Zum Glück.«

»Hier kann dir nichts geschehen.«

Papa und Mama fanden es merkwürdig. »Was für ein Gefühl denn?«, fragte Mama. Ich versuchte, es zu erklären. Dunkel. Unheimlich. Schwarz. Groß.

»Das hat jeder schon mal«, sagte Papa.

Ich bekam ein Nachtlicht, aber das half nicht viel. Manchmal war Das Gefühl da, manchmal auch nicht. Olivier konnte mir immer helfen.

Dann starb Oma. Ich ging in die vierte Klasse. Das Gefühl wurde schlimmer denn je. Stundenlang lag ich wach im Bett. Ich weinte, das kam von Dem Gefühl. Es wollte einfach nicht verschwinden.

»Soll ich dir was erzählen, Düük?«, sagte Olivier. Er hatte mich gehört und war in mein Zimmer gekommen. »Ganz selten habe ich es auch mal.«

»Was?«

»Das unheimliche Gefühl.«

»Du?«, fragte ich. »Wirklich?«

Olivier saß auf meiner Bettkante und nickte. »Und weißt du, was oft hilft?«, sagte er. »Es hilft, an fröhliche Dinge zu denken. Deinen Geburtstag. Die Ferien. Weihnachten.«

Olivier hatte recht. Es half wirklich. Die fröhlichen Dinge sorgten dafür, dass Das Gefühl verschwand. Oder gar nicht erst kam. Und wenn es doch wieder da war, ging es schnell wieder weg. In dem ganzen Jahr in der fünften Klasse kam Das Gefühl nur ein paarmal. Ganz kurz. Und dieses Jahr in der Sechsten noch überhaupt nicht. Selbst an den Tagen nicht, als wir den landesweiten großen Cito-Test hatten.

Erst jetzt auf dem Fahrrad mit den Zeltstangen ist Das Gefühl plötzlich wieder da. Ich kann nichts daran ändern. Ich weiß auch sofort, dass es zurück ist und dass es, wenn ich nicht aufpasse, wieder viel öfter kommen kann.

Den Schlafsack und die Luftmatratze können wir nicht von unserem Dachboden holen. »Das fällt auf«, sage ich. Den Sack von dem roten Runden will ich heute Abend zurücklegen, vollgestopft mit Kuscheltieren. Dann sieht es so aus, als wäre noch ein Zelt darin. Noch ein Schlafsack und eine Luftmatratze dazu, das geht nicht. Zum Glück ist Rifka derselben Meinung.

»Wir kaufen sie einfach«, sagt sie.

»Bei Boymans?«

Rifka schüttelt den Kopf und schaut mich böse an. »Bist du verrückt oder was?«

Boymans ist das Geschäft in unserem Dorf. Alle erledigen dort ihre kleinen Einkäufe. Früher auch die großen, aber die meisten

Leute fahren dafür jetzt in die Stadt. Da gibt es einen riesigen Supermarkt. Viel billiger als Boymans.

»Ich glaube, Boymans hat noch nicht mal Schlafsäcke«, sagt Rifka.

Ich denke doch. Das sage ich auch. Seit da keine großen Einkäufe mehr gemacht werden, verkaufen sie stattdessen lauter anderes Zeug. Gummistiefel. Sonnenschirme. Mülleimer. Und meiner Meinung nach auch Schlafsäcke.

»Trotzdem fahren wir in die Stadt«, sagt Rifka. »Wenn jemand uns hier einen Schlafsack und eine Luftmatratze kaufen sieht, ist mein ganzer Plan im Eimer.«

Wir beschließen, am Donnerstag zu fahren, denn in der Stadt müssen auch die Briefe verschickt werden. Das geht dann in einem.

Erst bauen wir das rote Runde auf. Es sieht einfach aus, aber es ist ziemlich schwierig. Wir brauchen lange dafür. Jetzt steht es endlich. Es sieht aus wie eine in sich zusammengesunkene Torte.

»Mit Blick auf den Weiher«, sagt Rifka.

Das stimmt. Von dem roten Runden aus sieht man den Lila Weiher daliegen, durch die Bäume. Das heißt, andersherum auch. Das Runde ist viel zu rot.

»Wir müssen es färben«, sagt Rifka.

»Man kann Zelte nicht färben«, sage ich.

»Wieso nicht?«

»Außerdem muss es hinterher auch wieder zurück auf unseren Dachboden.«

Das stimmt. Also machen wir uns mit Zweigen und Blättern ans Werk. Es dauert fast eine Stunde, aber dann ist nichts Rotes mehr an dem Runden. Es sieht schön aus. Ein runder Hügel im Wald. Wer nicht genau hinschaut, kann es niemals entdecken.

»Sieht aus wie ein Armeezelt«, sagt Rifka.

»Ja«, sage ich.

Rifka findet, sie müsste eigentlich auch Waffen darin haben.

»Warum?«, frage ich.

»Das ist so bei Armeezelten«, antwortet Rifka. »Und hier im Wald können wilde Tiere kommen. Und unheimliche Männer.«

Ich verstehe es. Nachts allein in einem Zelt im Wald stelle ich mir sehr unheimlich vor. »Hast du die eine Schere noch?«, frage ich.

Rifka meint, eine Schere, das wäre keine Waffe. Am liebsten hätte sie eine Pistole, ein richtig scharfes Messer wäre jedoch auch gut. »Aber wirklich richtig scharf, ja?«, sagt sie.

»Habt ihr so eins zu Hause?«, frage ich.

Rifka schaut mich böse an. »Hast du Regel zwei vergessen?«, fragt sie.

»Nein.«

Wir vereinbaren, dass ich ein richtig scharfes Messer besorge.

6. Seit 41 Jahren ein Begriff

»He, Düveke, kommst du zum Einkaufen?«

Das fängt ja gut an. Ich stehe noch keine drei Sekunden im Geschäft und Ilona hat mich schon gesehen.

»Ja.« Ich nehme einen Korb und gehe schnell weiter. Ilona sagt nichts mehr.

Boymans ist kein richtig großes Geschäft, aber klein kann man es auch nicht nennen. Vorne sind die Lebensmittel. Danach kommen die Getränke. Ganz hinten ist die neue Ecke mit anderen Sachen. Ich gehe sofort bis in diese Abteilung durch. Es sind nicht viele Leute in dem Geschäft und auch keine, die ich kenne. Zum Glück. Allein schon Ilona ist mehr als genug.

Boymans gibt es bereits sehr lange. Und genauso lange ist es schon ein Begriff. Das steht auch auf dem Geschäft, außen auf einer großen Werbefläche, direkt über dem Eingang.

BOYMANS, SEIT 36 JAHREN EIN BEGRIFF!

Jedes Jahr ändert jemand die Zahl in eine neue um. Einfach mit einem Aufkleber.

BOYMANS, SEIT 37 JAHREN EIN BEGRIFF!

BOYMANS, SEIT 38 JAHREN EIN BEGRIFF!

BOYMANS, SEIT 39 JAHREN EIN BEGRIFF!

Fred und Ada waren die Inhaber von Boymans. So hießen sie auch. Boymans, mit Nachnamen.

Fred Boymans wollte immer mehr Essen und Trinken verkaufen, aber das klappte nicht. Es wurde im Gegenteil immer weniger. Wegen dem Riesen-Supermarkt in der Stadt.

»Ich hoffe, dass ich die Vierzig schaffe«, sagte Fred. »Es ist doch ein Jubiläum.«

BOYMANS, SEIT 40 JAHREN EIN BEGRIFF!

Es stand zwar da, jemand hatte einfach wieder die Zahl überklebt. Aber Fred und Ada wohnten zu der Zeit schon nicht mehr bei uns im Dorf. Kurz vor dem Jubiläum hatten sie über eine Million gewonnen. Im Lotto.

»Nichts wie weg«, sagte Fred.

»An die spanische Küste«, sagte Ada.

Und dann sind sie dorthin gezogen. Das Geschäft wurde an Sjaak und Loes Pielkenrood verkauft und hieß einfach weiter Boymans. Loes hat sich die neue Abteilung mit den anderen Sachen ausgedacht. Sjaak fand die Idee gut. Boymans ist mittlerweile seit 41 Jahren ein Begriff.

»Hallo Düveke.«

Ilona Pielkenrood ist vierzehn, vielleicht auch schon fünfzehn. Sie arbeitet fast jeden Tag bei Boymans und sie geht daneben noch ganz normal zur Schule. Aufs Piet Hein natürlich, eine Klasse über Olivier. Einmal hat er gesagt, Ilona hätte superschöne Brüste. Nicht zu mir, sondern zu Juri, Oliviers bestem Freund. Ich habe es zufällig gehört, weil ihre Unterhaltung so laut war.

»Hi Ilona«, sage ich.

Warum ist sie mir das ganze Stück durchs Geschäft hinterhergekommen? Gerade jetzt, wo ich allein sein muss. Ich tue, als würde ich ganz angestrengt nach irgendetwas suchen.

»Ich will dich eigentlich was fragen«, sagt Ilona. »Ein bisschen was Verrücktes.«

Jetzt schaue ich auf Ilona, auf ihre Brüste. Sie sind groß. Und rund. Ungefähr zehnmal so groß und rund wie meine, aber meine Brüste haben ja auch gerade erst angefangen, welche zu werden.

»Weißt du, äh ...« Ilona stellt ein Bügelbrett, das schon gerade steht, noch ein Stückchen gerader. »Weißt du vielleicht, ob Olivier eine Freundin hat?«

Rifka hat schon richtig Brüste. Oder auch nicht richtig, aber irgendwie schon. Sie trägt auch BHs. Obwohl ihre Brüste noch nicht sehr groß sind. Nicht so wie die von Ilona, aber viel größer als meine. Rifka ist stolz auf ihre Brüste. Sie sagt es nicht und doch weiß ich es. Ich spüre es. Wenn wir uns zum Sport umziehen zum Beispiel oder wenn sie ein T-Shirt anhat, in dem man sehen kann, dass sie da sind. Daphne aus unserer Klasse hat auch schon Brüste. Schon eine ganze Zeit. Ihre sind ein Stück größer als die von Rifka, aber Daphne ist nicht stolz darauf. Sie wurde früher wegen ihrer Brüste gehänselt. Dafür, dass sie da waren und dass sie deshalb einen BH trug. Besonders Rifka hänselte sie deswegen. Jetzt hat Rifka selbst Brüste und einen BH, und niemand sagt je irgendwas Doofes darüber.

»Na?«, fragt Ilona.

Ach ja. Eine Freundin also. Ich weiß es nicht sicher. Olivier spricht nie davon. Will Ilona seine Freundin sein?

»Verkauft ihr auch Schlafsäcke?«, frage ich.

»Ja, da«, sagt Ilona und zeigt darauf. Sie stecken in einer dunkelblauen Hülle. Vierzig Euro steht daran, für einen Schlafsack. Total teuer.

»Aber sag doch mal«, fängt Ilona wieder an. »Es ist wirklich wichtig für mich.«

Ich denke an Rifka. Wie würde sie das machen? Ihr würde sicher etwas einfallen, ein kleiner Plan. Ich muss jetzt denken wie Rifka. Das hilft mir sicher.

»Habt ihr auch grüne Schlafsäcke?«, frage ich.

»Gut«, sagt Ilona. »Dann erzähle ich es dir einfach. Ich bin verliebt in deinen Bruder. Ziemlich sogar.«

Ich nicke. Ilona will also Oliviers Freundin sein. Und Olivier gefallen ihre Brüste. Das scheint also zu passen, aber so ist es nicht. Ich habe dieses eine Mal noch mehr gehört. Damals mit Juri. Über die Brüste sind Olivier und er sich einig gewesen, aber Juri hat noch etwas hinterher gesagt. »Allerdings ist sie auch eine unglaublich dumme Kuh.« Das sagte Juri. Und Olivier musste ziemlich laut darüber lachen.

»Er hat von dir geredet«, sage ich.

Ilona wird sofort neugierig. »Olivier?«, fragt sie. »Was hat er denn gesagt?«

»Kann ich nicht sagen.«

»Erzähl!«

»Nein, echt nicht.« Ich fühle mich genau wie Rifka. Sie würde das hier auch so machen. Ich bin richtig gut.

»Erst will ich einen grünen Schlafsack«, sage ich. »Danach erzähle ich es.«

»Wir haben keine grünen Schlafsäcke«, sagt Ilona. »Nur blaue.«

»Vielleicht liegen sie hinten.«

»Hinten auch nicht.«

»Du kannst doch mal nachschauen?«

Ilona schüttelt den Kopf. »Wenn ich sage, dass wir keine grünen Schlafsäcke haben, dann haben wir keine.«

»Und wenn ich sage, du könntest doch mal nachschauen, dann kannst du doch einfach mal nachschauen, oder?« Ach, wie klinge ich nach Rifka! Ilona versteht überhaupt nichts mehr. »Wenn du gehst und für mich nachschaust«, sage ich, »erzähle ich dir hinterher, was Olivier über dich gesagt hat.«

»Also gut«, antwortet Ilona. Und weg ist sie, nach hinten, um nach etwas zu suchen, wovon wir beide wissen, dass es dort nicht liegt.

Ilona ist noch keine Sekunde weg, da tue ich es schon. Die größte Rifka-Aktion aller Zeiten. Ich strecke die Hand zu dem Regal mit den Messern aus und nehme mir eins. Ein silbernes mit kleinen runden Dellen im Griff. Ich hatte es vorhin gleich da hängen sehen. Scharf genug für wilde Tiere und unheimliche Männer. Scharf genug also für Rifka.

»Keine grünen«, sagt Ilona. »Und jetzt will ich wissen, was dein Bruder über mich gesagt hat.«

Das Messer steckt schon in der Innentasche meiner Jacke. Bin ich jetzt damit fertig, so wie Rifka zu tun? Dann kann ich sagen, dass Ilona schöne Brüste hat. Und weiter nichts.

»Er meint, du bist eine dumme Kuh«, sage ich. Ich weiß nicht mal genau, warum ich das sage, aber ich tue es. Und Ilona wird rot. Sie reibt sich mit einer Hand über die Stirn. »Echt?«, fragt sie. Ihre Stimme klingt anders als vorhin. »Hat er das gesagt?«

»Ja«, lüge ich. »Das hat er echt gesagt.«

»Ach.«

»Tja.« Ich zucke mit den Schultern. »Tschüs, Ilona.«

Ich gehe wieder nach vorn ins Geschäft und packe meinen Korb auf den Stapel leerer Einkaufskörbe. Drei Schritte später stehe ich draußen. Mit einem glühenden Kopf. Mit zittrigen Beinen. Und mit einem Messer in der Jacke.

7. Zeitungsschnipsel

Mittwochnachmittag. Zwei Tage vor der Entführung. Um uns herum im Armeezelt liegen:

- sieben Tüten Kartoffelchips (vier Paprika, zwei Cheese-Onion, eine natur)
- drei Tüten Doritos (die orangen)
- sechs Packungen Fruchtschnitten (acht pro Packung)
- eine Kilopackung Süßigkeiten
- vier Flaschen Wasser
- vier Flaschen Cola
- eine Taschenlampe (unsere Campinglampe)
- ein echt scharfes Messer mit kleinen runden Dellen im Griff
- vier Donald-Duck-Taschenbücher (von mir)
- ein Rätselbuch mit hundertundeinem Wortsuchrätseln (aus der Schule mitgenommen)
- ein schwarzes Kleid (das Rifka in dem kleinen Laden in der Stadt gestohlen hat)
- eine Hose (meine alte gelbe)
- zwei T-Shirts (ein weißes und ein grünes, beide von mir)
- zwei Pullover (ein blauer von mir mit einem Loch im linken Ärmel und ein alter von Olivier, den er schon ganz lange nicht mehr trägt und auf dem Spiderman steht)
- zwei Unterhemden (blau und weiß, beide von mir)
- acht verschiedene Socken (einzelne, aus unserer Sockenschublade)

»Und BHs?«, fragt Rifka.

Ich sage nichts.

Rifka lächelt. »Ach«, sagt sie, »ich verstehe schon. Du hast natürlich keine. Die brauchst du nämlich noch längst nicht.«

Ich sage immer noch nichts.

»Übrigens.« Rifka schaut um sich auf alle Sachen. »Ich brauche auch saubere Unterhosen.«

»Die kann ich dir nicht leihen«, sage ich.

»Wieso nicht?«

»Weil ich sie selbst anziehe.«

»Dann musst du die auch kaufen«, sagt Rifka. »Acht oder so, das langt. Und kauf dann auch gleich einen BH.«

»Welche Größe?«

Rifka denkt kurz nach. »Oder nein«, sagt sie. »Schon gut. Ich komme einfach etwas länger mit dem hin, den ich dann anhabe.«

»Okay«, sage ich.

Wir verabreden, dass ich morgen allein in die Stadt fahre. Zusammen, das könnte auffallen. Rifka darf dort nicht gesehen werden.

»Ich bin noch nie allein in die Stadt gefahren«, sage ich.

»In den Bus einsteigen und schon bist du da«, sagt Rifka. »Ein Klacks.«

»Kann ich nicht mit dem Rad fahren?«

Rifka meint, der Bus wäre sicherer. Fast niemand aus unserem Dorf nimmt jemals den Bus. In die Stadt fährt man mit dem Auto und die Straße ist neben dem Radweg.

Ich frage, ob Rifka Geld für einen Schlafsack und eine Luftmatratze und Unterhosen hat. Sie gibt mir zwanzig Euro.

»Schlafsäcke sind viel teurer.«

»Pech«, sagt Rifka. »Mehr habe ich nicht.«

»Dann kann ich keinen kaufen.«

Rifka nimmt das Messer mit den Dellen. Ich erschrecke. Rifka sticht das Messer in eine Tüte Doritos, es macht puff. Rifka reißt die Tüte auf und steckt sich drei Doritos in den Mund. Sie isst sehr geräuschvoll. Es scheint, als täte sie das absichtlich. Ich weiß nicht genau, warum.

»Mein Geld ist für Proviant draufgegangen«, sagt Rifka, als sie ihren Mund leer hat.

»Für was?«

Rifka seufzt. »Für Essen und Trinken«, sagt sie. »Also musst du jetzt auch was bezahlen.«

Was sie sagt, stimmt nicht. Manche Sachen hat sie tatsächlich gekauft. Die Chips. Das Wasser. Die Cola. Aber das meiste hat sie gestohlen. Rifka ist sehr gut darin. Fast immer, wenn sie in einem Geschäft ist, verschwindet irgendwas unter ihrer Kleidung.

»Ich habe auch nicht genug Geld«, sage ich.

»Dann klaust du was«, schlägt Rifka vor.

»Einen Schlafsack?« Ich verstehe nicht, warum sie das sagt. Das schaffe ich nie. Aber Rifka meint Geld.

»Von deinem Vater«, sagt sie. »Oder deiner Mutter.«

Peng!

Da ist es wieder. Das Gefühl. Um mich herum dreht sich alles. Dieser Plan muss gestoppt werden, jetzt sofort. Aber ich weiß nicht mehr, wie. Wer kann mir helfen? Olivier natürlich. Er könnte dem mit einem Schlag ein Ende machen. Wie bei einer voll aufgeblasenen Luftmatratze, wenn man den Stöpsel aus dem Loch zieht. Pschschscht! Alle Luft raus. Weg Entführung. Weg Briefe. Weg Beerdigung.

»Komm«, sagt Rifka. »Wir gehen.«

»Wohin?«

»Zu dir.« Rifka öffnet den Zeltreißverschluss. »Briefe aus Zeitungsschnipseln kleben.«

»Ma?«

»Ja, Liebes?«

»Darf Rifka zum Essen bleiben?«

Natürlich darf sie. Derartige Dinge sind immer erlaubt.

»Wir essen heute etwas früher«, sagt Mama. »Papa und ich müssen zum Elternabend.«

Während des Essens macht Rifka sehr viele Witze. Man kann ihr nicht anmerken, dass sie in zwei Tagen entführt werden wird.

»Habe ich richtig gehört, dass du aufs Pancratius willst?«, fragt Papa.

»Düüv und ich wollen zusammen hin«, sagt Rifka. »Stimmt's, Düüv?«

Ich traue mich eigentlich nichts zu sagen. Schon die ganze Zeit nicht. Ich habe Angst, dass ich dann alles verrate.

»Hast du keinen Appetit?«, fragt Mama mich.

Ich zucke mit den Schultern.

»Iss noch ein paar Bohnen.«

Rifka sagt, dass sie Bohnen sehr gern isst. Rifka hasst Gemüse. Alles Gemüse, das es gibt. Aber die Bohnen mag sie angeblich ganz besonders gern.

»Schön«, sagt Papa.

Olivier bekommt eine SMS und holt sofort sein Handy aus der Tasche. Papa findet, das gehört sich nicht, weil wir noch essen.

»Ich bin schon fertig!«, sagt Olivier.

»Ja, aber du bist nicht der Einzige hier«, sagt Papa.

»Schon möglich«, sagt Olivier.

»Wie bitte?«, ruft Papa.

»Na, na«, sagt Mama. »Keinen Streit, bitte.«

Olivier fragt, ob er aufstehen darf, Hausaufgaben machen. Mama sagt, alle dürften vom Tisch aufstehen. Papa und sie müssen sich wegen dem Elternabend beeilen.

»Du hast echt nette Eltern«, sagt Rifka.

Wir sind in meinem Zimmer und Das Gefühl ist zum Glück weit weg. Ich bekomme sogar wieder ein bisschen Lust auf den Beerdigungsplan. Rifka und ich tragen große Gummihandschuhe wie zum Saubermachen. Ein rosa und ein gelbes Paar, die wir unter der Spüle gefunden haben. Das ist für die Fingerabdrücke. Oder gegen die Fingerabdrücke. Auf meinem Tisch liegen zwei

Scheren, zwei Briefumschläge, zwei Blätter weißes Papier und ein Klebestift. Und die Zeitung von heute. Der Telegraaf. Ich wollte erst einfach die Dorfzeitung nehmen, die gibt es umsonst. Aber Rifka meinte, das ginge nicht.

»Sie werden die Buchstaben analysieren«, sagte sie.

»Was?«

»Die Polizei. Sie werden natürlich herausfinden, aus welcher Zeitung die Buchstaben stammen.«

Rifka hat sich alles genau überlegt. Das eben klang wieder so schlau. Und der Telegraaf ist genauso umsonst wie die Dorfzeitung. Rifka hat ihn einfach bei irgendeinem Haus aus dem Briefkasten gezogen.

»Na«, sage ich. »So nett sind meine Eltern sonst nicht.« Ich weiß nicht mal genau, warum ich das sage, denn ich meine es überhaupt nicht so. Papa und Mama sind sehr nett. Die nettesten Eltern, die man haben kann. Und Rifka, die sieht das.

»Finde ich wohl«, sagt sie.

»Ja, aber du kennst sie nicht, wenn sie böse sind.«

»Sind sie das denn manchmal?«

Ich nicke. Mama manchmal und Papa kann auch ganz schön böse werden. Aber das ist schließlich jeder mal. Warum sage ich so unfreundliche Sachen? Ich verstehe es nicht. Papa und Mama sind auch viel netter als Rifkas Eltern. Das denke ich jedenfalls. Ich kenne Rifkas Eltern gar nicht wirklich. Sie sind fast nie da, wenn ich bei Rifka bin.

»Tja«, sagt Rifka. »Wenn sie böse sind, wird es wohl einen guten Grund dafür geben, nicht? Sollen wir anfangen?« Mit ihren Gummihänden nimmt sie die Zeitung und faltet sie auf. »Sieh mal da.« Sie zeigt mit einem rosa Finger auf einen Buchstaben. »Ist das hier kein perfektes W?«

Rifka und ich schneiden Buchstaben aus der Zeitung. Ich komme mir vor wie ein echter Entführer. Nach dem W kommen das I und das R. Dann das H. Aber ich habe etwas Besseres gefunden.

»He«, sage ich. »Hier steht doch schon haben. Das können wir als ganzes Wort aufkleben.«

Rifka schüttelt den Kopf. Mehrere Buchstaben aneinander sind verboten. Das heißt, ganze Wörter auch. »Müssen alles einzelne sein«, sagt sie.

»Warum?«

»Weil ich es sage.«

Wir schnipseln weiter. Mit meinen steifen Gummifingern kann ich die Schere nur schwer halten. Ich frage Rifka, ob ich einen Handschuh nicht mal kurz ausziehen darf. Nur ganz kurz. Rifka schaut mich an, als hätte ich etwas ganz Bescheuertes gefragt. Und vielleicht ist das ja auch so.

»Wenn du ihn ausziehst«, sagt sie, »dann erwürge ich dich.«

Wir schnipseln und kleben. Manche Buchstaben werden schief, das kommt durch die Handschuhe. Trotzdem geht es ziemlich schnell. Die meisten Buchstaben, die wir brauchen, sind leicht zu finden. Außer den Ausrufezeichen, die müssen wir lange suchen. Es stehen wenig Ausrufezeichen in der Zeitung.

Die Briefe werden nicht sehr lang. Nur ein paar Sätze. Auf den ersten Brief kleben wir:

WIR HABEN EURE TOCHTER
FÜR 1 MILLION BEKOMMT IHR SIE ZURÜCK
STECKT DAS GELD IN EINE SCHWARZE TASCHE
UND WARTET AUF DAS ZEICHEN
HEUTE ABEND 8 UHR
KEINE POLIZEI! UND NICHT SUCHEN!
SONST IST SIE DRAN

»Warum muss die Tasche eigentlich schwarz sein?«, frage ich.

»Das ist einfach so«, sagt Rifka. »Taschen mit Geld sind immer schwarz.«

Ich nicke und schaue noch einmal auf die Buchstaben, die wir auf das Papier geklebt haben. Ich frage Rifka, was das Zeichen ist.

»Wie meinst du?«

»Da steht: Wartet auf das Zeichen.«

Rifka seufzt. »Wir geben natürlich kein Zeichen«, sagt sie. »Viel zu gefährlich.«

»Warum steht es dann da?«

Rifka sagt, dass das nun mal so ist. Man muss eigentlich einen Ort vereinbaren, wo das Geld hingelegt werden soll, aber sie weiß keinen. Und vielleicht würden ihre Eltern dann dahin kommen. Nicht mit einer Million, sondern mit der Polizei.

»Da steht: Keine Polizei!«, sage ich.

»Das steht immer da«, sagt Rifka. »Trotzdem geht jeder sofort zur Polizei.«

Ich frage mich, ob Rifkas Eltern tatsächlich so dumm sein werden. Ich weiß es nicht, denn ich kenne sie wie gesagt nicht wirklich.

»Ein Zeichen finde ich besser als einen Ort«, sagt Rifka.

»Aber wir geben doch kein Zeichen?«

»Nein.« Rifka schüttelt den Kopf. »Sie sind vorher natürlich längst zur Polizei gegangen. So wie alle. Und das war gegen die Vereinbarung.«

»Und dann bekommen sie den zweiten Brief«, sage ich.

Rifka nickt. Der zweite Brief wird noch kürzer. Wir kleben:

IHR HABT EUCH NICHT AN DIE VEREINBARUNG GEHALTEN
DESHALB BRINGEN WIR SIE JETZT UM

Rifka nimmt die Briefe von meinem Tisch und hält sie zwischen ihrem Gummihandschuh-Daumen und -Zeigefinger hoch. »Na, sind die gut oder gut?«, fragt sie.

»Gut«, sage ich.

»Schön«, sagt Rifka.

Sie faltet die Briefe zweimal zusammen und steckt sie in die Umschläge. Mit dem Klebestift klebt sie sie zu. Das heißt, nicht mit der Zunge.

»Niemals lecken«, sagt Rifka. »Spucke enthält lauter Spuren.«

Ich nicke. Rifka ist das schlaueste Mädchen, das ich kenne.

»Morgen kaufst du zwei Briefmarken«, sagt sie.

»Ja«, sage ich.

»Und dann wirfst du vor sechs Uhr abends den ersten Brief in den Briefkasten. Und wenn der Kasten geleert ist, wirfst du den zweiten hinein.«

Die Briefe müssen in der Stadt eingeworfen werden. Das heißt, nicht im Dorf. Man kann an Briefen sehen, woher sie kommen, am Stempel auf der Briefmarke. Unser Dorf wäre viel zu verdächtig, meint Rifka.

»Welcher ist der erste?«, frage ich.

»Mist.«

Die Umschläge sind zugeklebt, aber Rifka weiß nicht mehr, welcher Brief in welchem ist. Sie hält die Umschläge vors Fenster und betrachtet sie angestrengt. Nichts zu sehen.

»Einer muss wieder auf«, sagt Rifka. Sie macht es sofort, fast ordentlich. Er geht aber doch ein ganz kleines bisschen kaputt.

»Das hier ist Brief zwei.«

Wir kleben den Umschlag wieder zu. Jetzt ist der Unterschied gut zu sehen. Ein Umschlag ohne und einer mit einem Riss. Brief eins und Brief zwei.

»Und die Adresse?«, frage ich.

»Mist.«

Rifka sagt, dass wir sie nicht einfach so draufschreiben können. Dann wäre das ganze Schnipseln und Kleben umsonst gewesen. Wir machen es wieder mit Zeitungsbuchstaben und dem Klebestift. Straße. Hausnummer. Postleitzahl. Und unser Dorf.

»Muss der Name deiner Eltern nicht mit drauf?«, frage ich.

Rifka schüttelt den Kopf. »So kommen die Briefe auch an«, sagt sie. »Wenn du die facking Briefmarken nur nicht vergisst.«

»Ich kaufe sie«, verspreche ich.

»Dann musst du auch gleich noch ein Handy für mich kaufen«, sagt Rifka.

»Warum?«

»Damit ich dir simsen kann.«

»Du hast doch schon eins?«

Rifka sagt, dass die Polizei das aufspüren kann, mit hypermodernen Techniken. Ich finde sie so schlau. Hyperschlau. Rifka ist mehr als schlau genug fürs Pancratius. Sie hat wirklich an alles gedacht. Das findet sie selbst auch. Rifka denkt, das hier könnte sehr gut die beste gefakte Entführung aller Zeiten werden.

»Ein Handy ist viel zu teuer«, sage ich. »Das kann ich nicht einfach so kaufen.«

Rifka und ich denken nach. Ich weiß was. Papa hat ganz viele alte Handys in einer Schublade in seinem Arbeitszimmer. Davon können wir eines nehmen.

»Merkt er das nicht?«, fragt Rifka.

»Niemals.«

»Dann musst du nur noch eine SIM-Karte kaufen.«

Eine SIM-Karte ist nicht so sehr teuer. Vielleicht zehn Euro für eine neue Nummer mit Telefonguthaben. Auf einer Karte, meine ich. Die kann dann einfach in Papas Telefon.

Wir gehen in sein Arbeitszimmer. Wir nehmen ein Nokia, ein schwarzes. Rifka steckt es in die Tasche. Zu Hause wird sie es aufladen. »Du musst eigentlich auch eins haben«, sagt sie.

»Warum?«

»Sie werden dich natürlich beobachten.«

»Wieso?«

Rifka seufzt und sagt: »Na, was meinst du? Weil wir oft zusammen sind beispielsweise?«

Ich verstehe es. Rifka meint, dass wir beste Freundinnen sind.

Und dass alle das wissen. Allerbeste Freundinnen, für immer zusammen. R. D. F. Ich nehme ein blaues Handy zum Aufklappen, ein Samsung. Es ist total zerkratzt.

8. Eine zufällige Begegnung

Mittwochnacht. Das Gefühl ist zurück und schlimmer denn je. Ich weine ununterbrochen. Es will nicht verschwinden. Wo ist Olivier? Er hört mich natürlich nicht, also weine ich noch etwas lauter. Ich habe plötzlich solche Angst.

Angst vor der gefakten Entführung. Angst vor der Polizei. Angst vor dem Gefängnis. Angst, in die Stadt zu fahren. Angst vor Messern. Angst vor Särgen. Angst vorm Entführtwerden. Angst vorm Ertrinken. Angst vorm Explodieren. Angst vorm Verbrennen. Angst vorm Sterben. Angst vorm Totsein. Sehr viel Angst vorm Totsein. Es kommt mir schwärzer als schwarz vor. An fröhliche Dinge zu denken hilft jetzt überhaupt nichts mehr.

Ich weine auch wegen Ilona. Dass ich so gemein zu ihr war. Ich schäme mich deswegen, sehr sogar. Dumme Kuh. Ich wünschte, ich hätte es nicht gesagt. Was du sagst, das bist du selbst. In der Schule rufen sie das manchmal, wenn jemand eine unfreundliche Bemerkung macht. Und jetzt fühlt es sich wirklich so an. Ich bin selbst eine dumme Kuh. Eine heulende, verängstigte dumme Kuh.

»Düük?«

Uff. Endlich. Aber es ist nicht Olivier. Es ist Mama. Sie knipst meine Nachttischlampe an und setzt sich auf die Bettkante. Sie zieht mich hoch.

»Sei ganz still«, sagt sie. »Liebe, liebe Dükje.«

Mama legt ihre Arme um mich. Ich will ihr alles erzählen, aber ich kann nicht reden. Das Weinen hört einfach nicht auf. Das Gefühl ist noch längst nicht weg.

»Ist es wieder da?«, fragt Mama.

Ich nicke. Mama streichelt mir über den Rücken. Sie sagt, dass sie mich versteht, dass der Elternabend total gut war. »Lehrer

Paul denkt, dass du vielleicht doch auch aufs Pancratius kannst«, sagt sie. »Aber es muss nicht sein, hörst du? Sicher nicht unseretwegen.«

Mit unseretwegen meint sie Papa und sich. Papa kommt jetzt auch in mein Zimmer.

»Alles in Ordnung hier?«, fragt er.

Ich weiß, dass Mama ihn anschaut, auch wenn ich es nicht sehe. Papa setzt sich neben sie auf die Bettkante. Das ist schön. Mama streichelt mir weiter über den Rücken. Sie und Papa sagen nichts. Das Gefühl geht ganz langsam weg.

»Und jetzt schön schlafen«, höre ich Papa sagen.

Mama hört mit Streicheln auf. Sie deckt mich gut zu. Ich schließe die Augen.

Und dann ist es Donnerstag.

Tagsüber sieht alles anders aus als nachts. Ich denke an die Dinge, vor denen ich heute Nacht Angst hatte. Kommt Das Gefühl jetzt wieder? Nein, nichts passiert. Und es erscheint mir auch alles nicht mehr so unheimlich.

»Was willst du auf dein Brot?«, fragt Mama.

»Käse«, sage ich.

»Zweimal Käse?«

»Ja.«

Mama schmiert mein Schulbrot. Wir sitzen zu zweit am Küchentisch. Papa ist schon zur Arbeit. Olivier ist schon zur Schule.

»Es ist ein ordentliches Stück mit dem Rad«, sagt Mama. »Das ist halt so, wenn man auf die weiterführende Schule geht.«

Denkt Mama wirklich, ich hätte heute Nacht Angst vor der neuen Schule gehabt? Vor dem Gymnasium?

»Ja«, sage ich. »Fahrrad fahren ist schön.«

Mama lächelt. Sie tut das Brot in meine Butterbrotdose. »Steckst du sie selbst in deine Tasche?«

Wenn ich will, kann ich jetzt über alles reden. Ganz einfach.

Ich kann einfach so Rifkas Plan verraten. Sodass die Entführung sicher danebengeht. Und ich heute Nachmittag nicht in die Stadt brauche.

Vielleicht will Rifka dann nicht mehr meine Freundin sein. Sie beschimpft mich als Dummtussi und geht zur Strafe ohne mich aufs Pancratius. Und wenn ich mich dann doch dort einschreibe, überlegt sie es sich schnell noch anders. Das Piet Hein, im letzten Moment. Bloß um nicht mit so einer Verräterin wie mir auf dieselbe Schule zu gehen.

Ich kann mit Mama über alles reden, aber jetzt will ich es überhaupt nicht mehr. Nachts sieht alles anders aus als tagsüber. Viel dunkler. Jetzt kommt mir die Entführung wieder ganz lustig vor. Geistesgestört natürlich, aber doch auch zum Lachen.

»Ma?«

»Liebes?«

»Ich bin nach der Schule bei Rifka.«

»Prima.«

»Ich bleibe dort auch zum Essen.«

»Gut, mein Schatz. Wie nett.«

Mama täuscht sich. Bei Rifka zu Hause ist es überhaupt nicht nett. Vielleicht ist sie deshalb auch viel öfter bei uns als umgekehrt.

Ich stehe vom Tisch auf und nehme meine Butterbrotdose. Mama gibt mir einen Kuss. Ich packe die Dose in meine Tasche, oben auf die geklebten Briefe. Dann renne ich die Treppe hoch und in Oliviers Zimmer.

»Was machst du?«, ruft Mama.

»Noch schnell was holen!«, rufe ich zurück.

Mama fragt nicht weiter nach.

»Hast du die Briefe?«, fragt Rifka.

Ich nicke.

»Ohne Fingerabdrücke?«

Ich nicke noch einmal.

»Und eine Liste?«

»Ja.«

Es ist Pause. Wir stehen hinter dem Raucherschuppen. Immer wenn wir hier sind, werfe ich einen Blick auf die Buchstaben, die Rifka und ich in den Schuppen geritzt haben. R. D. F. Tief in die Wand. Forever.

»Lies vor«, sagt Rifka.

Ich nehme die Liste. Ich habe sie in mein Heft geschrieben und dann die Seite rausgerissen. Lehrer Paul fällt so was nicht auf. Ich lese, was da steht.

1 Schlafsack

1 Luftmatratze

8 Unterhosen

2 SIM-Karten

2 Briefmarken

2x Briefkasten

»Wenn du die Briefe verwechselst«, sagt Rifka, »bist du tot.«

»Ja, klar«, sage ich.

»Und wenn du sie vergisst, auch.«

»Ich hab's kapiert.«

»Und wenn du sie zu früh oder zu spät in den Briefkasten wirfst ...«

»Dann bin ich auch tot.«

Rifka nickt. »Mause«, sagt sie. »Das verzeihe ich dir nie.«

»'türlich nicht«, sage ich. »Aber ich bin nicht dumm.«

»Ach nein?«

»Nein.«

»Sehr schön.«

Rifka sagt, dass ich mit dem zweiten Brief warten soll, bis ich gesehen habe, wie der Postbote den Briefkasten geleert hat.

»Logisch«, sage ich.

Wir machen aus, dass ich nach der Stadt sofort zum Lila Weiher komme. Da wartet Rifka dann auf mich. Sie fragt, ob ich genug Geld habe für den Bus und die Einkäufe. Ich sage Ja. Siebzig Euro noch was.

»Zeig.«

Ich zeige es. Rifka findet, dass sie ihren Zwanziger jetzt wieder zurückbekommen kann.

»Nein«, sage ich. »Schlafsäcke sind echt teuer.«

»Alles, was du übrig hast, gibst du mir zurück«, sagt Rifka.

Ich nicke. Rifka fragt, wie ich an das Geld gekommen bin. Ich sage, dass ich es aus dem Portemonnaie meiner Mutter geklaut habe.

»Sehr gut«, sagt Rifka. »Das merkt sie nicht. Ich weiß, wie so was geht.«

Sie hat recht, Mama wird nichts davon merken. Aber das kann sie auch nicht. Das Geld stammt nämlich gar nicht aus ihrem Portemonnaie, das habe ich mich nicht getraut. Und wenn ich mich getraut hätte, würde Mama es ganz bestimmt merken. Meine Eltern sind ein klitzekleines bisschen anders als die von Rifka.

Oliviers Zimmer war ein großer Sauhaufen. Überall Kleiderberge und Papierstapel. Auf seinem Schreibtisch zusammengeknüllt lag sein nasses Handtuch. Die Vorhänge waren noch zu und seine Bettdecke lag neben dem Fußende auf dem Boden.

»Was machst du?«, rief Mama von unten.

»Noch schnell was holen!«, rief ich zurück.

Mama fragte nicht weiter nach. Ich schaute mich um. Wo bewahrte Olivier sein Taschengeld auf? Er hat keine Spardose, kein Heiliges Kästchen. Ich musste also suchen.

Es fühlte sich sehr verkehrt an. Ganz kurz schaute ich in den langen Spiegel innen an der Zimmertür. Ich sah eine Diebin. Zum Glück ging das Gefühl schnell vorbei. Ich trat an Oliviers Schreibtisch und öffnete die obere Schublade. Da lag ein einzelner Fünfzigeuroschein, neben einer Zeitschrift mit einer nackten Frau auf der Vorderseite. Sie sah schweinisch aus. Sehr, sehr rosa und sehr, sehr nackt. Las Olivier solchen Schweinkram?

Auf dem Schreibtisch lagen Stifte und Papier. Alte Klassenarbeiten. Eine Vier minus in Erdkunde, zerknüllt. Ich riss ein Stück von dem Klassenarbeitspapier ab und schrieb eine Nachricht an Olivier drauf. Worte, die er hoffentlich verstehen würde.

Ich nahm den Fünfziger, legte meinen Zettel mit der Nachricht neben das schweinische Heft und machte die Schublade schnell zu. Ich rannte nach unten, raus. Als ich auf dem Fahrrad zur Schule saß, überlegte ich mir: Wenn ich ab jetzt keinen Cent von meinem Taschengeld mehr ausgebe und dreimal Papas Auto wasche, kann ich es innerhalb von zwei Monaten zurückzahlen.

Nach der Schule radele ich zu der Bushaltestelle direkt am Ortsausgang. Ich brauche nicht lange zu warten. Der Bus hält und ich steige ein. Einen Moment lang fürchte ich, dass mich der Busfahrer fragt, warum ich allein unterwegs bin. So jung und ohne Erwachsene. Aber er fragt nur, ob ich es nicht kleiner habe.

»Was?«

»Ich kann nicht auf zwanzig herausgeben.«

»Ach.«

Ich suche in meiner Hosentasche. Etwas mehr als zwei Euro an Münzen.

»Zu wenig«, sagt der Busfahrer. »Aber lass mal.«

Rifka hatte wieder mal recht, das Ganze ist ein Klacks. Fahrkarte kaufen und sich hinsetzen.

Der Bus hält am Bahnhof in der Stadt. Da steige ich aus und gehe direkt in die Einkaufsstraße. Ein Schlafsack und eine Luftmatratze sind schnell gefunden, aber ein billiger Schlafsack und eine billige Luftmatratze sind etwas ganz anderes.

»Ich kann dir nicht helfen, junges Fräulein«, sagt der Mann in dem Campinggeschäft. Seine Schlafsäcke fangen bei fünfunddreißig Euro das Stück an. Luftmatratzen sind aus der Mode, erklärt er. »Die heutigen Dinger muss man nicht mehr selbst aufblasen oder aufpumpen«, sagt er. »Und das kostet natürlich etwas.«

Es klappt schließlich bei dem größten Sportgeschäft. Da gibt es eine eigene Campingecke. Ich finde einen Schlafsack für zwanzig und eine Luftmatratze für siebzehn. Aber eine Matte aus Schaum ist noch viel billiger. Bloß neun Euro. Ich lasse die Luftmatratze liegen und kaufe die Matte.

Unterhosen gibt es bei HEMA im Angebot. Sechs Euro für eine Schachtel mit vier Stück. Da gibt es auch Schaummatten. Noch billiger als im Sportgeschäft. Fünf Euro. Aber jetzt habe ich die andere Matte schon, also kaufe ich nur zwei Schachteln Unterhosen. Briefmarken und SIM-Karten hole ich im Supermarkt. Zusammen etwas weniger als fünfundzwanzig Euro.

Ich zähle, wie viel Geld ich übrig habe. Vier Euro und dreißig Cent. Wie spät ist es? Ich schaue auf die gelbe Armbanduhr, die ich von Papa und Mama zum Geburtstag bekommen habe. Es ist die schönste Armbanduhr der Welt. Die Zeiger sind eine Art Püppchen, und wenn es dunkel ist, leuchten sie. Jetzt zeigen die Püppchen, dass es kurz nach halb sechs ist.

Ich gehe zum Bahnhof zurück, in der Hand eine große Plastiktüte. Was, wenn jemand aus dem Dorf mich nachher im Bus sitzen sieht? Auf dem Hinweg ist es gut gegangen, aber zurück mit der Riesentüte falle ich natürlich viel mehr auf.

Vor dem Bahnhof setze ich mich auf eine Bank. Ich stelle die Tüte und meine Schultasche neben mich. Mitten auf dem Bahnhofsvorplatz sehe ich einen Briefkasten, er steht keine zehn Meter von mir entfernt. Brief eins hätte ich längst einwerfen können. Der soll morgen ankommen.

Ich hole die Gummihandschuhe aus meiner Schultasche und ziehe sie an. Dann nehme ich die Umschläge. Ich klebe die Briefmarken drauf, ohne Fingerabdrücke und ohne Spucke. Es sind selbstklebende Marken.

»He, hallo!«

Ich drehe mich um.

»Bist du nicht Düveke?«

Vor mir steht Moris Mutter. Aber ich weiß nicht, ob man das noch ist. Mutter, meine ich, wenn das einzige Kind tot ist.

»Hallo«, sage ich so normal wie möglich. Ich versuche, mich anzuhören wie jemand, der sich nicht sehr ertappt vorkommt.

»Du kennst mich bestimmt nicht mehr«, sagt Moris Mutter.

»Doch, tue ich.«

Ich habe sie nie wirklich gekannt. Niemand ging je zu Mori spielen und umgekehrt auch nicht. Viel zu gefährlich. Aber sie meint wiedererkennen, und das tue ich. Von der Beerdigung. Sie hat da ein Lied gesungen, ohne Musik. Ganz allein. Direkt vor dem Sarg. Rifka sagte, dass es falsch klang, aber ich fand es schön.

»Darf ich mich kurz zu dir setzen?«, fragt Moris Mutter.

Ich weiß nicht so recht, was ich sagen soll, also sage ich: ja klar. Sofort setzt sie sich neben mich. Schnell stecke ich die Umschläge zurück in meine Tasche.

»Warst du am Saubermachen?«

»Was?«

Moris Mutter lächelt und zeigt auf meine Hände. Ich spüre, dass ich rot werde. Ich stammele etwas Unverständliches, während ich mir die Handschuhe von den Fingern ziehe.

»Sieht sehr reinlich aus«, sagt Moris Mutter. Sie lächelt wieder. Bestimmt denkt sie, die Gummidinger gehören zu einer Art Spiel. Oder vielleicht denkt sie auch, ich bin verrückt. Aber das ist beides nicht so schlimm. Hauptsache, ich habe noch nicht alles verdorben. Ich denke an Rifka. Unser Plan kann immer noch gelingen. Ich lebe noch.

9. Ein unvergesslicher Tag

Es regnete bei der Beerdigung von Mori. Papa fand, Regen, das passt zu Beerdigungen. »Es sind die Tage dazu«, sagte er.

Wir hatten Schulfrei bekommen. Den ganzen Tag. Das ging auch nicht anders, denn die Beerdigung begann morgens und endete erst nachmittags. Und alle gingen hin. Alle Kinder. Alle Erwachsenen. Das heißt, das ganze Dorf. Dazu noch sehr viele Verwandte und Bekannte von Mori und seiner Mutter. Sie passten längst nicht alle in die Kirche. Die Hälfte der Leute musste draußen stehen. Aber wir durften drinnen sitzen, trocken und ganz vorne. Das war, weil wir in Moris Klasse waren.

Durch diese Beerdigung war Rifka auf die Idee gekommen.

»Wie viele Leute waren deiner Meinung nach da?«, fragte sie am Freitag, als wir beim Lila Weiher saßen.

»Viele«, antwortete ich.

»Ja, aber wie viele?«

»Fünfhundert oder so. Oder tausend.«

»Das dachte ich auch«, sagte Rifka. »An die tausend. Und wie viele von den Tausend hast du heulen sehen?«

Ich wusste es nicht, das hatte ich mir nicht gemerkt. Viele jedenfalls. Sehr viele. Das kam natürlich auch daher, dass Mori noch so jung war. Um junge Tote weint man eher als um alte.

»Stimmt«, sagte Rifka. Sie sagte, Mori wäre ein dummes Würstchen gewesen, mit irgendwas am Herzen. Alle hatten also schon immer gewusst, dass das dumme Würstchen bald sterben würde. Trotzdem gab es hundert Lieder und Gedichte und Ansprachen. Tausend Blumen. Hunderttausend Tränen.

»Stell dir mal vor, wie das erst sein muss, wenn so ein liebes Mädchen wie ich plötzlich nicht mehr da ist«, sagte Rifka.

»Noch mehr Tränen«, sagte ich.

»Viel mehr«, sagte Rifka. »Um mich weinen die Leute am meisten.«

»Meinst du?«

»Es ist so. Und die Ansprachen sind die rührendsten. Und die Blumen sind unzählbar.«

Rifka stellte es sich sehr zum Lachen vor, so eine traurige Beerdigung selbst mitzuerleben. »Wetten, dass all die Dummtussis und Lödeldödel ganz laut heulen müssen?«

Ich nickte. Bestimmt würde es so sein. Rifka ist nicht umsonst der King in der Klasse.

»Alles nur wegen mir«, sagte Rifka. »Schöner geht es nicht.« Sie nannte es einen unvergesslichen Tag.

Und doch ist es unmöglich, dachte ich. Aber ein paar Tage später kam Rifka auf die Idee mit der Entführung.

Wir gingen zu viert zur Kirche. Olivier hatte seine schwarze Jeans und ein blaues Hemd an. Papa einen grauen Anzug. Mama und ich beide ein Kleid. Nicht zu fröhlich, das wollte Mama nicht. Aber auch nicht zu düster, das wollte Moris Mutter nicht. Das hatte sie auf die Trauerkarte geschrieben, die alle bekamen. Kleidung: nicht zu düster, so stand es in schrägen Buchstaben da. Ich trug mein dunkelrotes Kleid mit den kleinen Blümchen, Mama ein schwarzweißes.

Papa und Mama nickten lauter Leuten zu. Je näher wir zur Kirche kamen, desto mehr Bekannte sahen wir.

»He, Düüv!«

Kurz vor der Kirche trafen wir Rifka mit ihren Eltern. Rifka trug ihre hellblaue Jeanshose mit einer schwarzen Weste. Nicht sehr außergewöhnlich.

Papa und Mama und Rifkas Eltern wechselten einige Worte. Über Mori, über seine Mutter. Sie waren die ganze Zeit ganz einer Meinung. Rifka und ich gingen schon mal hinein.

»Wenn du willst, kannst du noch Abschied nehmen«, sagte Rifka.

»Was?«

»Von Pferdeschwanz.«

Es störte mich, dass Rifka ihn so nannte. Sie zeigte auf den Sarg. Der war klein. Nicht aus Holz, sondern aus Reet oder so. Oder Bambus, ich war mir nicht sicher. Pandas fressen Bambus, aber vielleicht kann man daraus auch Särge machen.

Auf dem Sarg lag noch kein Deckel und ein paar Leute standen davor.

»Sollen wir ihn uns auch noch angucken?«, fragte Rifka.

»Nicht nötig«, sagte ich.

»Warum nicht? Das gehört sich aber so.«

Es war mir egal, ob es sich so gehörte. Ich wollte es einfach nicht. Es war mir unheimlich, ich kann Tote nicht gut ertragen. Und es fühlte sich auch wie Verrat an. Das Gefühl hatte ich die ganze Woche schon. Ich wusste auch, dass wir nichts dafür konnten, dass Mori tot war, und doch kam es mir ein bisschen so vor. Wenn wir nur netter zu ihm gewesen wären. Ihm bei schwierigen Dingen geholfen hätten, die er wegen seines Herzens nicht tun konnte. Anstatt seinen Rucksack in den Baum zu hängen oder ihm die Haare abschneiden zu wollen.

Rifka störte das alles nicht. »Musst du wissen«, sagte sie. »Ich jedenfalls gucke ihn mir an.«

Die Kirche füllte sich, bis sie mehr als voll war. Papa, Mama und Olivier setzten sich irgendwo hinten hin. Mit Rifkas Eltern und noch einigen anderen. Wir saßen in der dritten und vierten Reihe. Mit der ganzen Klasse und Lehrer Paul. Rifka saß neben mir.

»He, Düüv«, flüsterte sie.

»Was ist?«

»Ich hab ihn gesehen.«

»Ja und?«

»Kein Pferdeschwanz mehr.«

Bist du noch, wer du bist, wenn es dich nicht mehr gibt? Die Leute sagen »war« statt »ist«, und »hatte« statt »hat«. Aber das war es nicht, was Rifka meinte.

»Seine Haare sind offen!«, flüsterte sie. »Das steht ihm viel besser!«

Zwei Männer gingen nach vorn und hoben den Deckel auf den Sarg.

»Es ist eigentlich eher ein Korb«, flüsterte Rifka.

»Vielleicht«, flüsterte ich zurück.

»Ein Hundekorb«, flüsterte Rifka.

Dann begann die Beerdigung.

Bei Oma habe ich geweint. Bei Mori nicht. Ehrlich nicht. Nur fast, aber gar nicht mal um Mori. Mehr um Oma. Das klingt verrückt, weinen um jemanden auf dem Begräbnis von jemand anderem. Aber das geht. Das weiß ich sicher, denn fast wäre es passiert. Mir, meine ich.

»Heulst du jetzt?«, flüsterte Rifka.

»Nein«, flüsterte ich zurück.

»Es sah aber so aus«, flüsterte Rifka.

Eine Cousine von Mori las ein Gedicht vor. Kein langes, eigentlich ein ziemlich kurzes. Ich weiß noch, wie es ging.

Du warst mein Cousin und zehn,
Da haben wir uns oft gesehn.
Du warst mein Cousin und elf,
Ein kurzes Jahr drauf warst du zwölf.
Wo ist jetzt mein Cousin von zwölf?
Im Himmel, denn jetzt bist du tot.

»Die letzte Zeile reimt sich nicht«, flüsterte Rifka. »Zum Lachen!«

Ich sagte nichts. Mir gefiel das Gedicht, obwohl sich die letzte

Zeile nicht reimte. Vielleicht war gerade das das Schöne daran. Aber ich konnte das nicht gut erklären. Erst recht nicht in diesem Moment und erst recht nicht Rifka gegenüber.

Julia und Floortje gingen nach vorn. Sie würden das Gedicht vorlesen, das wir mit der ganzen Klasse gemacht hatten. Immer abwechselnd eine Zeile. Unser Gedicht war viel länger als das von Moris Cousine und alle Zeilen reimten sich. Aber Reim bedeutet nicht immer, dass es auch schöner ist. Ich weiß unser Gedicht nicht mal mehr auswendig. Weil es so lang war. Es handelte von Mori in der Klasse. Dass wir ihn alle so nett fanden und dass wir ihn sehr vermissen würden. Zwei Zeilen habe ich noch behalten. Die hatte sich Rifka ausgedacht.

Er war stark wie ein Pferd,
Einen Pferdeschwanz wert.

»Ist stark der richtige Ausdruck?«, hatte Lehrer Paul gefragt.

»Mori war stark von innen.«

Das war Rifkas Antwort. Auf dem Gesicht von Lehrer Paul erschien dann so ein Lächeln. So eins, das Leute zum Vorschein zaubern, wenn es traurige Dinge gibt, an denen man nichts mehr ändern kann. Lehrer Paul nickte, mit diesem Lächeln. Er fand den Gedanken gut und die Zeilen durften in das lange Gedicht.

»Da kommt es«, flüsterte Rifka.

Julia las vor, dass Mori stark wie ein Pferd war. Floortje las vor, dass er einen Pferdeschwanz wert war.

»Zum Lachen!«, flüsterte Rifka.

»Ja«, flüsterte ich zurück.

Nach dem Gedicht hielt Moris Opa eine Rede. Seine ersten vier Worte waren: »Mein Enkel ist tot.«

»Ja, stell dir vor!«, flüsterte Rifka. »Das wussten wir auch so schon.«

Moris Opa erzählte witzige Sachen. Sehr viele Leute mussten lachen. Zuerst verstand ich das nicht, denn wie kann etwas bei einer Beerdigung bloß witzig sein? Als Oma verbrannt wurde, musste niemand lachen, aber Moris Opa wusste, was er tat.

»Der Kerl hat Humor«, flüsterte Rifka.

Papa sagte später auch noch, etwas Leichtigkeit ab und zu könne nicht schaden.

Ich fand, dass Moris Opa schön erzählte. Er sagte Dinge über Mori, die ich nicht wusste. Schöne Dinge, meine ich. Mori wirkte überhaupt nicht mehr wie ein dummes Würstchen.

»Mein Enkel ist tot.« Das waren auch die letzten vier Worte des Großvaters.

Danach kam Moris Mutter.

»Dies«, sagte sie, »ist ein unvergesslicher Tag.« Und dann musste sie ganz schlimm weinen.

Rifka stieß mich in die Seite. Aber ich guckte weiter nach vorn, zu der weinenden Mutter. Es dauerte lang, das Weinen. Und klang seltsam. Es hallte. Wegen der Kirche.

Moris Mutter putzte sich die Nase. Auch das hallte. »Ich werde ein Lied singen«, sagte sie.

Dann wurde es totenstill.

10. Die Saiten einer Gitarre

»Er hat oft von euch erzählt.«

Ich traue mich nicht, Moris Mutter anzuschauen, also gucke ich auf den Briefkasten auf dem Platz.

»Wusstest du das?«, fragt sie.

»Nein«, sage ich. »Das wusste ich nicht.«

Ich will es auch nicht wissen. Das Gefühl von Verrat ist wieder da. Warum waren Rifka und ich bloß nicht netter zu Mori? Jetzt ist es zu spät.

»Rifka heißt sie doch, oder?«

»Wer?«

»Das liebe Mädel mit den prächtigen dunklen Locken. Deine kleine Busenfreundin.«

»Ja«, sage ich.

»Er fand sie großartig«, sagt Moris Mutter. »Und dich auch. Ihr seid Topmädels.«

Hält sie mich zum Narren? Ich schaue in ihre Richtung. Ich sehe eine weinende und singende Frau. Gleichzeitig. Vielleicht machten die Tränen das Singen ja schöner. Aber jetzt weint sie nicht und singen tut sie auch nicht. Trotzdem sehe ich es.

»Meiner Meinung nach war er ein klein wenig verliebt«, sagt Moris Mutter. Sie lächelt. »In die liebe Rifka.«

Ich höre und sehe jetzt auch, dass sie keine Witze macht. Moris Opa war gut darin, aber Moris Mutter ist vollkommen ernst. Verliebt in Rifka? Sie war immer unfreundlich zu Mori, trotzdem verstehe ich es vielleicht auch. Rifkas Freundin zu sein ist das Höchste, was man erreichen kann. Sich in sie zu verlieben ist dann genauso was, denke ich.

»Wie ist es in der Klasse?«, fragt Moris Mutter. »Vermisst ihr ihn sehr?«

Ich nicke. Eigentlich will ich auch etwas sagen. Dass sie so schön gesungen hat bei der Beerdigung. Aber es gelingt mir nicht.

»Er hat sich dort vom ersten Tag an zu Hause gefühlt«, sagt Moris Mutter. »Ihr habt ihn mit offenen Armen empfangen.«

Jetzt muss sie aufhören, aber sie hört nicht auf, sondern sagt weiter verrückte Sachen. Wie nett wir zu ihrem Sohn gewesen sind. Und wie lieb. Und wie hilfsbereit. Ohne uns hätte Mori ganz bestimmt eine schlechte Zeit gehabt. »Er wollte am Schluss so gern mit ins Zeltlager, weißt du«, sagt sie. »Aber es ging einfach nicht.«

»Wir wollten auch gern, dass er mitkam.« Ich weiß nicht mal richtig, warum ich das sage, aber Moris Mutter nickt. Sie versteht es.

»Ihr seid Topmädels«, sagt sie noch einmal. »Weißt du das?«

Ich zucke mit den Schultern.

»He, Mädchen«, sagt Moris Mutter plötzlich. »Darf ich dich mal kurz drücken?«

Ohne auf eine Antwort zu warten, umarmt sie mich. Ich denke an Mori und wie oft er so gedrückt worden sein muss. Sie riecht nach Parfüm. Alle Frauen außer Mama riechen nach Parfüm. Es ist nicht sehr süß. Aber blumig. Zarte Blumen. Nicht zu düster. Die Umarmung scheint kein Ende zu nehmen, also sage ich, dass ich gehen muss.

»Natürlich.« Moris Mutter lässt mich los. »Ich verstehe«, sagt sie. »Ich muss eigentlich auch wieder weiter.« Sie bittet mich, der ganzen Klasse viele liebe Grüße auszurichten.

»Ja«, sage ich. »Okay.«

»Und besonders der lieben Rifka.«

»Okay«, sage ich noch einmal.

Moris Mutter findet es schön, dass wir kurz miteinander plaudern konnten. So sagt sie es. Sie fragt überhaupt nicht, wohin ich muss oder was ich hier tue. Es ist ihr egal.

»Tschüs, liebe Düveke.« Moris Mutter steht auf und überquert den Platz. Sie schaut sich noch zwei Mal um, dabei winkt sie. Ich winke zurück. Dann ist sie weg, um die Ecke gebogen. Ich denke, sie hat die Plastiktüte mit den gekauften Sachen überhaupt nicht gesehen.

Zehn vor sechs. Ich stehe vor dem Briefkasten mit zwei Briefen in meinen Gummihandschuhhänden. Beide in einem Umschlag, beide mit derselben Adresse, aber mit anderen Klebebuchstaben. Und ein Umschlag hat einen Riss.

Wenn du die Briefe vertauschst, bist du tot.

Natürlich weiß ich, welcher in welchem ist, aber plötzlich nicht mehr. Das passiert mir öfter. Jemand fragt einen was, du weißt die Antwort, aber dann beginnst du zu zweifeln.

»Wie viele Saiten hat eine Gitarre?« Lehrer Paul schaute mich an und nickte dabei.

Es war im Ferienlager. Letzter Abend, Abschiedsabend. Wir hatten kleine Theaterstücke aufgeführt und Karaoke-Nummern. Jetzt spielten wir El-Pe-Ge-Weh, die Jungen gegen die Mädchen. Es stand 9 : 9. Unentschieden also. Das war die letzte Frage, eine Musikfrage. Die Mädchen waren dran. Ich kam an die Reihe.

»Nicht vorsagen!«, riefen die Jungs.

Nein, natürlich nicht. Vorsagen galt nicht. Und ich wusste die Antwort ja auch. Sechs natürlich. Eine Gitarre hat sechs Saiten. Ich würde sechs sagen und dann hatten die Mädchen gewonnen.

»Deine Antwort?«, sagte Lehrer Paul.

Oder waren es vier? Oder acht sogar? Nein, sechs. Sicher sechs. Oder nein, vier. Ja, vier. Oder war das eine Geige? Und was war dann das mit acht und sechs? Ein Insekt hat sechs Beine. Eine Spinne acht. Eine Spinne ist kein Insekt. Aber wie viele Saiten hat eine Gitarre?

»Ein Insekt ...«, sagte ich.

»Was?« Lehrer Paul verstand nicht, was ich meinte. Ich meinte ja auch nichts. Ich wusste es nicht mehr.

»Wie viele Saiten, war die Frage«, sagte Lehrer Paul.

Die Jungen fanden, dass es zu lange dauerte. Und Rifka offenbar auch, denn plötzlich hörte ich sie flüstern. Niemand sonst hörte es, weil die Jungen so durcheinanderschrien. Niemand außer mir.

»Sechs!«, flüsterte Rifka.

»Sechs«, sagte ich.

Ich kann einen Umschlag vorsichtig öffnen, aber ich habe keinen Klebestift dabei, um ihn danach wieder zuzukleben. Vier Euro und dreißig Cent, das reicht sicher für einen Klebestift. Aber die Geschäfte schließen gleich und im selben Moment kann auch der Briefkasten geleert werden.

Wenn ich Brief zwei aufmache, ist alles in Ordnung. Ich kann sofort danach Brief eins in den Briefkasten werfen, ins Geschäft rennen, einen Klebestift kaufen, Brief zwei zukleben und in den gerade geleerten Briefkasten werfen. Umgekehrt wäre eine Katastrophe. Wenn ich Brief eins jetzt aufmache, bleibt mir bestimmt keine Zeit mehr für einen Klebestift und fürs Zukleben und Einwerfen.

Ich denke, dass ich weiß, welcher Brief welcher ist, aber denken ist nicht genug. Ich muss es sicher wissen. Sonst bin ich tot.

Peng!

Na klar, ausgerechnet jetzt. Das Gefühl. Die Plastiktüte fällt auf den Boden. Mit einer Hand halte ich mich am Briefkasten fest. Es scheint, als würde ich diesmal wirklich in Ohnmacht fallen, aber das passiert natürlich nicht. Ich bekomme Angst, das schon. Angst vor den gefakten Briefen. Angst vor der gefakten Entführung. Angst vor allem.

Was würde Olivier jetzt tun? Das weiß ich genau. Er würde die Briefe wegwerfen. Du kannst mich mal mit deiner Beerdigung, das würde er sagen. Und dann schön allein aufs Piet Hein gehen. Direkt neben dem Briefkasten steht ein Mülleimer. Traue ich mich das? Ich weiß sicher, dass Das Gefühl zusammen mit den Briefen verschwinden wird. Im Mülleimer. Weg mit den Dingern, weg mit der Entführung. Und was ich dann zu Rifka sage, sehe ich später.

Wenn du die Briefe vertauschst, bist du tot.

Ja. Das hat sie gesagt. Wenn ich sie nicht in den Briefkasten werfe, bin ich ganz bestimmt doppeltot. Dann bin ich genauso eine Dummtussi wie alle anderen Mädchen. Nie mehr R. D. F., sondern forever vorbei.

In dem Bus zurück ins Dorf sitzt zum Glück wieder niemand, den ich kenne. Es ist derselbe Fahrer wie auf dem Hinweg. Er freut sich, dass ich passend zahlen kann. Ich steige bei der Haltestelle aus, wo mein Fahrrad steht. Jetzt muss ich zum Lila Weiher, denn das haben wir verabredet.

Mit der Plastiktüte in der Hand Fahrrad fahren ist schwierig. Mein Lenker schlenkert mal hierhin und mal dorthin, aber es geht gut.

Noch bevor ich mein Rad abgestellt habe, kommt Rifka schon aus dem Versteck. Sie hat mich kommen hören. »Hat's geklappt?«, fragt sie.

Ich nicke.

»Auch die Briefe?«

Ich nicke wieder.

»Und keiner hat dich gesehen?«

Ich nicke zum dritten Mal.

»Sehr schön.« Rifka deutet auf die Plastiktüte. »Also zeig her.«

Ich gebe ihr die Tüte. Sie guckt hinein. »Nennst du das eine Luftmatratze?«

Ich sage nichts. Rifka seufzt. »Du bist mir vielleicht eine«, sagt sie. »Kannst noch nicht mal einen einfachen Einkauf erledigen.«

Ich könnte ihr jetzt antworten, dass ich nicht genug Geld hatte, dass die Matte viel billiger war. Aber ich sage immer noch nichts.

Rifka seufzt noch einmal. »Na ja«, sagt sie. »Offenbar willst du, dass ich Rückenschmerzen bekomme.« Sie guckt wieder in die Tüte und holt die SIM-Karten heraus. Wir pulen sie aus der Verpackung und stecken sie in Papas alte Handys. Es funktioniert.

»Ab jetzt sind das hier unsere Kommunikationsmittel«, sagt Rifka. Es klingt sehr überzeugend, wie sie das sagt.

Ich nicke.

»Heute Abend schicke ich dir noch eine letzte SMS auf dein eigenes Handy«, fährt Rifka fort. »Irgendwas Dummes über morgen in der Schule oder so.«

Ich bin schon mehr als fünf Minuten bei Rifka und habe noch kein Wort zu ihr gesagt. Ich traue mich eigentlich auch nichts zu sagen. Sie scheint es noch nicht mal zu merken.

»Zunge verloren?«

Aha, jetzt wohl doch. Ich schüttele den Kopf und frage, warum.

»Warum was?«

»Die SMS.«

»Als Ablenkungsmanöver.«

»Ach ja.«

Rifka ist manchmal wie ein wandelndes Wörterbuch. Ich bin mir fast sicher, auf dem Pancratius wird man sich sehr über ein wandelndes Wörterbuch wie sie freuen.

»Und dann musst du einfach antworten, dass wir uns in der Schule sehen«, sagt Rifka. »Verstehst du?«

Ich nicke wieder.

Rifka sagt, dass ich morgen Nacht zum Versteck kommen soll,

wenn Papa und Mama und Olivier schlafen. Aber ich weiß nicht, ob ich das schaffe. Und ob ich mich traue.

»Du bist doch kein lahmer Hosenscheißer?«, fragt Rifka.

»Nein.«

»Na also.«

»Aber vielleicht hören sie mich«, sage ich.

»Unsinn«, sagt Rifka. »Du kannst doch wohl leise sein?«

Ich denke an Moris Mutter. An die Briefe. Was das angeht, kann ich sehr leise sein. Ich habe es Rifka nicht gesagt und ich werde es ihr auch nicht sagen. Ich traue mich nicht und ich will es nicht, obwohl wir beste Freundinnen sind. Vielleicht macht mich das ja zum lahmen Hosenscheißer. Oder vielleicht auch gerade nicht.

Sind wir denn beste Freundinnen? Ich habe es nie bezweifelt. Wir machen immer alles zusammen, weil Rifka alle anderen Mädchen doof findet. Wir nennen es R. D. F., aber nach heute wird sich das ändern. Ich habe Rifka im Stich gelassen. Sie weiß es noch nicht, weil ich so tue, als hätte ich meine Zunge verloren. Aber so ist es. Wenn Rifka entdeckt, was ich getan habe, bin ich tot. Mause.

11. Einer fehlt

»Und? War's schön bei Rifka?«, fragt Mama.

»Ziemlich.«

»Nicht?«

»Doch, doch.«

Papa sitzt auf der Couch und sieht fern. Mama wäscht ab. Nur zwei Teller. Olivier hat auch nicht zu Hause gegessen. Er ist noch gar nicht wieder da. Sondern Hausaufgaben machen bei Juri.

»Was Schönes unternommen?«, fragt Mama.

»Nichts Besonderes«, sage ich. »Mit dem Rad durch den Wald. Und geredet.«

»Und gut gegessen?«

Es scheint, als wollte Mama mich aushorchen. Ob sie etwas bemerkt hat? Mein Bauch grummelt auf einmal. Ich habe mein Schulbrot gegessen, zwei Butterbrote mit Käse. Danach nichts mehr.

Ich zucke mit den Schultern.

»Na?«, fragt Mama.

»Nicht echt«, sage ich.

»Ach?«

»Bisschen wenig.«

»So?«, wundert sich Mama. Sie fragt, ob ich etwas will. Es gibt noch Kartoffeln und gekochte Möhrchen. »Soll ich sie rasch warm machen?«

Ich setze mich an den Küchentisch, während Mama das Essen in der Mikrowelle aufwärmt. Sie stellt mir den dampfenden Teller vor die Nase. Ich puste und esse. Mama räumt währenddessen die Küche auf.

»Du, Dükje?«, sagt sie plötzlich.

Ich erschrecke, denn ich höre, dass sie mit etwas Ernstem

kommt. Ob sie das mit dem roten Runden entdeckt hat? Oder mit Papas Handys? Oder hat Olivier etwa von dem geliehenen Geld erzählt?

»Es ist wegen gestern«, sagt Mama.

»Was wegen gestern?«

»Dass du so weinen musstest. Im Bett.«

»Was ist damit?« Ich bin froh, dass es das ist. Mama weiß also von nichts.

»Papa und ich finden es überhaupt nicht schön, wenn du dich so fühlst«, sagt Mama. »Wir wollen dir wirklich sehr gern helfen.«

»Schon gut«, sage ich.

Mama lässt das Aufräumen sein und setzt sich mir gegenüber an den Tisch. »Wir wüssten bloß gerne, wie«, sagt sie.

»Was, wie?«

»Wie wir dir helfen können.«

Mama geht mir etwas auf den Geist. Ich habe Das Gefühl schon so oft erklärt. Wir wissen doch alle längst, dass Papa und Mama mir nicht wirklich helfen können! Ich jedenfalls weiß es. Also müssen sie es doch auch wissen.

»Gibt es vielleicht Dinge, über die du sprechen willst?«, fragt Mama.

»Gibt es nicht.« Ich nehme einen Bissen von dem Essen.

»Bedrückt dich das mit der neuen Schule?«, fragt Mama. »Dass du dann in die Stadt musst?«

»Nein«, antworte ich mit vollem Mund.

»Dass du vielleicht in eine andere Schule kommst als Rifka?«

»Nein.«

»Gibt es etwas anderes?«

Ich kaue, ich schlucke und sage: »Es ist nichts.«

»Warum musstest du dann so weinen?«

Ich zucke mit den Schultern. »Das habe ich manchmal«, sage ich. »Das wisst ihr doch, oder?«

Mama nickt, sie weiß es. Aber das letzte Mal sei schon so lange her. Sie und Papa hätten gedacht, es wäre vielleicht vorbei.

»Was wäre vorbei?«

»Das schlimme Gefühl«, sagt Mama.

Ich schüttele den Kopf. »Du verstehst es nicht, Ma.«

»Nein?«

»Nein.«

»Dann erkläre es mir, Liebes.«

Ich seufze. »Das Gefühl«, sage ich, »kann sehr lange weg sein. Tage, Wochen, Monate. Jahre sogar.«

»Darum dachten Papa und ich ...«

»Nein«, sage ich wieder. »Da habt ihr eben falsch gedacht. Es kann so lange weg sein, dass man glaubt, es käme nicht mehr wieder. Aber letztendlich kommt Das Gefühl immer zurück. Immer, Ma. Es geht nie wirklich weg. Nie. Bis man tot ist.«

Ich schaue zu Mama. Sie weint ja auf einmal! Nicht laut, aber doch mit Tränen. Ich habe Mühe, es zu verstehen.

»Warum weinst du jetzt?«, frage ich.

»Ich weine nicht«, sagt Mama.

»Doch«, sage ich. »Du weinst.«

»Na gut«, sagt Mama. »Dann weine ich eben.«

»Aber warum weinst du?«

Mama schüttelt den Kopf. »Weiß ich nicht«, sagt sie. »Lass mich einfach.«

In meiner Hose vibriert etwas. Es ist das alte blaue Samsung von Papa. Mit der neuen SIM-Karte. Eine Nachricht von Rifka natürlich, was sonst. Ich hole das Telefon vorsichtig aus der Tasche und lese die SMS unter dem Tisch. Mama bemerkt es nicht.

Ich bekomme Gänsehaut auf den Armen. Plötzlich fühlt es sich so an, als würde Rifka mich heimlich von draußen beobachten. Unsinn natürlich. Trotzdem schaue ich aus dem Fenster. Mama schaut mit.

»Ist da jemand?«, fragt sie.

»Nein«, sage ich.

»Und wonach schaust du dann?«

Da kommt Olivier angeradelt. Meine Rettung. »Nach Olli«, sage ich.

Mama sieht ihn auch. »Ha«, sagt sie. »Wurde auch Zeit.«

Ich stecke das Telefon in meine Hosentasche zurück und nehme den letzten Bissen. Mama wischt sich mit dem kleinen Finger die Augenwinkel trocken. Sie steht auf und räumt meinen leeren Teller vom Tisch. Ich schnappe meine Schultasche und gehe nach oben.

Ich schaue aus meinem Fenster. Olivier ist immer noch draußen. Er steht auf der gegenüberliegenden Straßenseite, bei einem blauen Auto. Irgendwas sieht er da. Was es ist, kann ich nicht erkennen. Redet Olivier jetzt mit jemand hinter dem Auto? Es dauert eine Weile, dann verschwindet auch Olivier dahinter. Ich gucke, aber ich kann nicht durch das Auto hindurchsehen. Also nehme ich einen Stuhl, schiebe ihn vor das Fenster und stelle mich darauf. Ich gucke noch einmal.

Peng!

Nein, es ist nicht Das Gefühl. Ich bin vom Stuhl gefallen und liege auf dem Boden. Mein Kopf hämmert, mein Herz hämmert mit. Wie zwei wild gewordene Trommeln.

Da draußen, hinter dem Auto. Was war das? Das konnte doch nicht wirklich wahr sein?

Nein, Düveke. Es ist nicht so.

Siehst du? Da war nichts. Genau wie damals das eine Mal mit dem kleinen Schwan.

Mama sammelt sie. Es sind Figürchen aus Glas und ich finde sie sehr, sehr schön. Irgendwann bekam Mama den ersten zum Geburtstag geschenkt. Sie hatte ihn sich natürlich nicht gewünscht, denn einen kleinen Schwan, so was wünscht man sich nicht von allein. Aber sie bekam einen. Ich denke, dass sie sich riesig darüber gefreut hat.

Nach dem ersten bekam Mama von jemand anderem einen zweiten. Auf einem Trödelmarkt im Urlaub in Frankreich hat sie selbst einen dritten gekauft. Und dann auf einmal war es eine Sammlung. Die Schwäne stehen jetzt oben im Computerzimmer auf der Fensterbank. Eigentlich ist es nur eine kleine Sammlung. Es kommen auch keine neuen Schwäne mehr dazu. Es sind schon ziemlich lange elf.

Erst waren es zwölf Schwäne. Der schwarze ist tot, daran bin ich schuld. Es war vor einem halben Jahr oder so und ich musste mir jeden Tag die Schwäne anschauen, so schön fand ich sie. Eines Tages spielte ich, dass die Schwäne fliegen konnten. Es war ein schönes Spiel, bis einer der Schwäne runterfiel. Der schwarze. Er fiel mir einfach aus der Hand auf den Boden und verwandelte sich in tausend kleine Scherben.

Ich musste sehr, sehr weinen vor Schreck. Papa und Mama waren nicht zu Hause und darum ging ich zu Olivier. Er konnte mir bestimmt helfen.

»Was ist los?«, fragte Olivier.

Ich erzähle, was passiert war. Er sagte, es wäre nicht so schlimm. Das half schon. »Wir fegen die Scherben auf ein Stück Zeitung«, sagte er. »Ich denke, dann merkt Mama gar nichts davon.«

»Und wenn sie es aber doch sieht?«, fragte ich.

Olivier dachte kurz nach. Dann sagte er: »In dem Fall geht es darum, es glasklar und knallhart abzustreiten.«

Rifka sagt manchmal einfach so merkwürdige Sätze. Olivier sagt oft einfach so schöne Sätze. Mit schönen Worten.

Wir taten, was er sagte. Die Zeitung mit den Scherben verschwand unten im Mülleimer und von dem Moment an sagte ich mir: Nein, Düveke. Es ist nicht so. Es hat nie einen schwarzen gegeben.

Irgendwo wusste ich natürlich auch, dass etwas nicht stimmte. Etwas. Aber den schlimmen Gedanken versteckte ich mit einer sehr kleinen Scherbe in meinem Heiligen Kästchen und den Rest tief in meinem Kopf. Da, wo es dunkel ist, wo auch Das Gefühl steckt. Eine Schublade in meinem Gehirn, wohin ich so wenig wie möglich zu kommen versuche.

»Einer fehlt«, sagte Mama ein paar Wochen später. Sie hatte das Computerzimmer aufgeräumt, weil alles ein großer Saustall wurde. Beim Abstauben der Figuren hatte sie es also doch entdeckt. Es hatte immer nur einen schwarzen Schwan gegeben und offenbar fiel es auf, wenn genau der sich verflüchtigte.

»Dükje?«, fragte Mama. »Weißt du mehr darüber?«

Ich schüttelte den Kopf.

»Wirklich nicht?«

»Nein, Ma«, sagte ich. »Wirklich nicht.«

Mama glaubte mir. Später kam sie sogar noch mal zu mir, um sich zu entschuldigen. Zu entschuldigen dafür, dass sie mich zu Unrecht beschuldigt hatte. Ich fand es schön, dass Mama das sagte. Schön und auch zu Recht. Denn als Mama nach dem Schwan fragte, hatte ich nicht gelogen. Ich hatte ihn so tief versteckt, dass ich inzwischen selbst daran glaubte.

Ich liege noch immer auf dem Fußboden meines Zimmers, auf dem Rücken. Meine Augen sind auf mein Bett gerichtet. Den Boden darunter sehe ich falsch herum. Dadurch sieht es so aus, als wäre mein Heiliges Kästchen daran festgeklebt. Es hängt auf dem Kopf. Verrückt, dass der Deckel nicht runterfällt.

Ich stehe auf und gehe zu meiner Schultasche. Die Welt sieht wieder normal aus. Ich ziehe den Reißverschluss auf. Da sind die Putzhandschuhe aus Gummi.

Und die Briefe.

Brief eins hätte jetzt irgendwo auf der Post liegen müssen und Brief zwei auf dem Boden des Briefkastens. Aber die Briefe befinden sich immer noch in meiner Tasche, mit den aufgeklebten Briefmarken.

Manchmal macht man mutige Sachen, manchmal feige. Ich ziehe mein Heiliges Kästchen unter dem Bett hervor und hole die Briefe ohne Handschuhe aus der Tasche. Dann stecke ich sie in mein Heiliges Kästchen. Das Kästchen schiebe ich zurück unter mein Bett. Ich denke, dass ich ein Mensch bin, der öfter feige als mutige Dinge tut, aber ich weiß nicht sicher, ob das hier mutig ist oder feige. Es kann beides sein.

Ich denke an diejenige, die mich ganz bestimmt umbringen möchte, wenn sie das hier herausbekommt. Was war das hinter dem Auto?

Nein, Düveke. Es ist nicht so.

Ich habe nichts gesehen. Es ist schon wieder weggepackt in das eine Fach in meinem Gehirn. Türchen zu, abschließen. Nicht mehr daran denken. Nie mehr.

Mein eigenes Handy piepst. Es ist eine SMS von meiner derzeit noch besten Freundin. Sie schreibt »schlaf gut«, und dass wir morgen etwas Schönes zusammen machen. In der Schule. Ich soll jetzt also was darauf antworten. Ob Rifka noch hinter dem blauen Auto hockt?

Nein, Düveke. Steck es jetzt weg!

Ich schicke eine Nachricht zurück, genau wie vereinbart. Um sicherzugehen, packe ich noch ein Herz und ein Smiley dazu.

12. So wird es morgen sein

Donnerstagnacht. Ich liege im Bett und denke an Rifkas Beerdigung. An den nicht mehr so wasserdichten Plan, der jetzt sicher scheitert.

Ich habe etwas getan, das wir nicht ausgemacht hatten. Etwas Mutiges oder etwas Feiges. Eigentlich ist es nicht allein meine Schuld, es kam auch wegen Moris Mutter. Wegen dem, was sie auf der Bank in der Stadt gesagt hat. Aber ich kann das nicht gut erklären, erst recht nicht Rifka. Sie würde es überhaupt nicht verstehen. Ich verstehe es selbst nicht mal.

Ich kann Rifka jetzt eine SMS schicken und von den nicht abgeschickten Briefen erzählen. Vielleicht kann die Durchführung des Plans auch noch einen Tag später stattfinden. Aber ich traue mich nicht. Es ist jetzt eigentlich auch schon zu spät. Wenn ich es Rifka erzähle, sind wir danach keine Freundinnen mehr. Ich weiß fast sicher, dass alle mich von da an mobben werden. Oder noch schlimmer: links liegen lassen. Wenn man Rifka gegen sich hat, kann man es vergessen. Die ganze Klasse wird mich hassen.

Ich will das nicht. Niemals. Denn wenn das passiert, bin ich in Zukunft ganz allein.

Morgen früh radele ich einfach zur Schule, so wie jeden Tag. Ich setze mich in der Klasse neben einen leeren Stuhl. Rifka kommt öfter zu spät, so ist sie nun mal. Vielleicht wird Lehrer Paul erst nach einer halben Stunde etwas unternehmen. Bei ihr zu Hause anrufen, sich erkundigen, ob sie krank ist. Oder nein, ganz bestimmt wird Lehrer Paul nach einer Weile sagen, dass er mal kurz bei Bert nachfragt. Bert ist Bert. Er macht jeden Tag die Klassenrunde. Dann erzählt er, wer alles krank ist. Eltern rufen in der Schule an und Bert geht ans Telefon. So funktioniert das.

Nach einer Weile kommt Lehrer Paul wieder zurück. Er fragt uns, ob jemand Rifka irgendwo gesehen hat. Wir sagen Nein und schütteln die Köpfe.

Danach ist Pause und Lehrer Paul hat Zeit, der Sache richtig nachzugehen. Er bleibt drinnen, um zu telefonieren und sich zu beraten und dergleichen. Währenddessen spielen wir draußen denke ich Fußball. Alle zusammen. Wahrscheinlich ist es die sechste Klasse gegen den Rest. Ich renne und renne, von vorn nach hinten. Ich komme ins Schwitzen. Es geht 7 : 4 für uns aus. Ich denke, dass ich morgen zwei Tore schieße. Dann gehen wir wieder hinein.

Und danach. Äh, ja. Was kommt jetzt? Ach, ich weiß schon. Nach einer Weile klopft es an die Tür. Mein Herz klopft dann doppelt und dreifach mit. Es ist die Lehrerin Marie. Papa nennt sie Schwätzmarie, aber warum er das tut, ist mir nicht ganz klar. Sie unterrichtet schon 1000 Jahre die Vorschulklassen und sie ist auch schon eine Zeit lang die Leiterin der Schule. Marie schaut in die Klasse, auf mich. Oder auf den leeren Stuhl neben mir. Ich bin dann natürlich knallrot. Vom Fußballspielen und davon, dass sie so guckt. Aber das bemerkt sie nicht, denn sie blickt schon wieder in die andere Richtung. Zu Lehrer Paul. Sie bittet ihn, kurz mitzukommen.

»Gibt es etwas Neues?«, fragt Lehrer Paul.

»Vielleicht«, sagt Lehrerin Marie. Sie ist verheiratet mit Rob und Rob ist der einzige Polizist bei uns im Dorf. Wenn es etwas Neues gibt, bekommt Marie es also immer als Erste zu hören.

Lehrer Paul sagt: »Und den Mund halten, während ich weg bin!« Anschließend geht er zusammen mit Lehrerin Marie aus der Klasse.

Nach ein paar Minuten kommt er wieder herein. Es gibt Neuigkeiten, das kann man an seinem Gesicht sehen. Genau wie damals mit Mori. Dass er tot war und dass Lehrer Paul nicht recht wusste, was er sagen sollte. Morgen sagt er: »Seid mal bitte alle still.« Aber alle sind das natürlich schon längst. Wegen dem Gesicht, das er macht.

Lehrer Paul räuspert sich. »Leute«, sagt er. »Das hier ist ziemlich wichtig.«

Dann sagt er einen Moment lang nichts. Eine Sekunde denke ich noch, es geht um etwas ganz anderes, aber gleich darauf passiert es. Lehrer Paul sagt, was ich als Einzige die ganze Zeit über gewusst habe.

»Rifka ist weg.«

Das heißt, es hat angefangen.

Ich schaue an die Decke. Dort kleben Sterne. Die habe ich zum Geburtstag bekommen, vor zwei Jahren. Sie leuchten im Dunklen. Früher sehr stark, jetzt nur noch ein bisschen.

Ich kneife die Augen fest zu. Es wäre schön, wenn Das Gefühl jetzt wiederkäme. Olivier kann ich vergessen, der denkt an andere Dinge. An ... Nein, Düveke. Es ist nicht so.

Wenn ich jetzt ganz laut zu weinen anfange, wird Mama bestimmt raufkommen. Vielleicht traue ich mich dann, es zu sagen. Das mit dem Plan und der Beerdigung.

Vielleicht glaubt Mama, dass ich mir das alles nur ausdenke.

»Es ist wirklich so«, antworte ich dann.

Mama will mir wahrscheinlich nicht glauben, aber ich kann es beweisen. Ich bücke mich unter mein Bett und hole mein Heiliges Kästchen hervor. Ich zeige Mama, was ich da wegen Moris Mutter verstecken musste.

»Was ist das?«, will Mama dann wissen.

»Briefe.«

»Was für Briefe?«

»Lies nur.«

Mama liest und erschrickt natürlich furchtbar. Danach erzähle ich, wie Rifka die Jungen und Mädchen in der Klasse nennt. Mama erschrickt noch furchtbarer. Ich erzähle, wie schlimm Rifka Mori immer geärgert hat. Mama erschrickt noch furchtbarer als furchtbar. Sie ruft Rifkas Eltern an. Und Rifka wird bestraft, sehr streng bestraft.

Und dann wird nichts aus der Entführung. Und dann sagen Papa und Mama, dass ich nie mehr mit Rifka umgehen darf, weil Rifka ein sehr durchtriebenes Mädchen ist. Und dann gehe ich auf eine andere weiterführende Schule. Und dann bekomme ich da ganz viel neue Freundinnen. Und dann werde ich froh und glücklich forever.

Ich kneife die Augen noch fester zu. Es ist jetzt stockdunkel in meinem Kopf, aber es funktioniert nicht. Ich weiß sicher, dass Das Gefühl heute Nacht überhaupt nicht mehr kommen wird. Es könnte jetzt auch bei Rifka sein - dass sie im Bett liegt und Angst vor allem hat. Was würde sie dann tun? Nichts natürlich, denn es ist nicht so. Rifka kennt Das Gefühl überhaupt nicht. Sie leidet nie unter irgendwas. Außer unter merkwürdigen Sachen, die sie sich selbst ausgedacht hat.

Ich überlege mir ein kleines Gedicht. Während ich im Bett liege. Es ähnelt dem Gedicht von Moris Cousine, allerdings noch kürzer.

Er war ein Junge von zehn.
Jedes Jahr war für ihn ein »Mal sehn«.
Mit elf, da musste er gehn,
Denn ein Herz bleibt manchmal auch stehn.

Es ist ein ziemlich dummes Gedicht. Trotzdem sage ich es immer wieder auf, innerlich. Bis zum Einschlafen. Aber ich schlafe nicht ein, ich denke an morgen. An Rifka, an die Briefe, die einfach so in meinem Heiligen Kästchen liegen, und an alles, was schiefgehen wird. Und auch ein ganz kleines bisschen an das blaue Auto von vorhin.

Nein, Düveke. Steck es jetzt ein für alle Mal weg!

Okay, also gut. Weil es sein muss. Ich lasse das blaue Auto aus meinem Kopf fahren. Aber diesmal funktioniert es nicht, denn gerade als es um die Ecke verschwunden ist, öffnet jemand heimlich das Autofenster. Aus dem Fenster presst sich etwas nach draußen. Und dieses Etwas fliegt zurück, einfach wieder hinein in mein Gehirn. Es flattert mir durch den Kopf. Und das noch eine ganze Weile. Es zu verjagen hat keinen Sinn.

Es ist ein Viech, ein Tier. Es ist ein schwarzer Schwan.

Danach

Erstes Kapitel

Olivier sitzt auf seiner Bettkante.

»Ich finde das alles sehr, sehr schwer«, hört er seine Mutter sagen.

»Ja, Schatz«, hört er seinen Vater antworten. »Das alles ist auch schwer.«

Im Zimmer nebenan ziehen sich seine Eltern gerade um. Es ist Frühling - Sommer beinahe - und die Sonne scheint. Olivier trägt eine ordentliche Hose, ein Hemd und ein Jackett.

»Übrigens«, hört er seine Mutter fortfahren. »Dingsda möchte, dass Dükje morgen früh doch noch mal ins Büro kommt.«

»Wer ist Dingsda?«

Anton. Seine Mutter meint natürlich Anton, das weiß sein Vater ganz genau. Anton ist ein Kriminalbeamter aus der Stadt und er leitet die Ermittlungen in diesem Fall. Schon mehr als eine Woche lang kommt Anton jeden Tag ins Dorf, um mit möglichst vielen Leuten zu reden. Nicht mit Olivier, auch nicht mit seiner Schwester. Aber mit ihren Eltern. Olivier will wissen, wovon diese Gespräche handeln, aber seine Eltern dürfen nichts darüber sagen. Wegen der Ermittlungen, heißt das. Sehr nervig.

»Wieder ins Büro?«, hört Olivier seinen Vater fragen. »Und was denkt der Herr Schnauzbart damit zu erreichen?«

Anton ist anders. Oliviers Vater findet das unangenehm. Die meisten Leute im Dorf finden das unangenehm. »Städtisch« nennen sie es und das Wort steht für ganz viel Misstrauen in den Köpfen.

Oliviers Mutter sagt etwas Unverständliches, danach bleibt es still. Wahrscheinlich hat sein Vater jetzt den Arm um sie gelegt. Das macht das Ganze nicht weniger schwer, aber so läuft das nun mal. Obwohl es eigentlich der reine Fake ist.

Olivier steckt sich sein Hemd in die Hose. Er zieht es heraus und steckt es anschließend doch wieder hinein. In einer halben Stunde müssen sie in der Kirche sein. Rifkas Eltern glauben an nichts - erst recht nicht an die Kirche -, aber in diesem Dorf hat alles, was mit dem Tod zu tun hat, in der Kirche stattzufinden. Glauben tut nichts zur Sache und einen besseren Ort für so was gibt es hier auch nicht.

*

Freitagnachmittag. Der Tag des Verschwindens. Zu Oliviers Erstaunen kam es fast sofort in den landesweiten Nachrichten. Rifkas Fahrrad war gefunden worden und Rob, der einzige Polizist im Dorf, nahm das offenbar sehr ernst. Eine Suchmeldung wurde herausgegeben, die Zeitungen schrieben darüber, im Fernsehen wurde ein Foto gezeigt und auch der Kripobeamte Anton wurde hinzugezogen.

Am späten Nachmittag trommelten sie alle zu einer groß angelegten Suchaktion zusammen. Das Ganze kam Olivier ziemlich übertrieben vor, aber er machte trotzdem mit.

Insgeheim fand er die Aktion wunderbar. In Zehnerreihen mussten sich die Leute nebeneinander aufstellen, sich an den Händen fassen und anschließend in Ketten die Straßen durchkämmen. Olivier stand zwischen seinem Vater und seinem gerade erst geküssten Mädchen. Es fühlte sich gut an, obwohl die Suche ergebnislos verlief. Währenddessen dachte Olivier nicht an Rifka. Vermutlich würde sie von allein wieder nach Hause kommen, das heißt, richtig ernst konnte Olivier das Ganze nicht nehmen. Er dachte immer nur an den Nachmittag bei dem Baum und war sich sicher, dass es dem umwerfenden Mädchen neben ihm genauso ging. Sie kniff ihm so dann und wann kurz in die Hand, das war ziemlich fantastisch. Ich bin verliebt in dich, bedeutete das. Ich auch in dich, kniff er zurück. Als es zu dämmern anfing, wurde die Suchaktion abgebrochen.

»Morgen weiter!«, rief Rob.

Alle gingen wieder nach Hause und unterhielten sich lebhaft über einen zweifellos positiven Ausgang. Bestimmt würde sie bald zurückkommen, diese Rifka. Morgen früh stand sie wahrscheinlich wieder vor der Tür oder vielleicht sogar schon heute Abend. Olivier schloss sich dem Kopfnicken der Leute an. Es war genau das, was er auch dachte.

Abends, als Olivier schon im Bett lag und es von Rifka immer noch nichts Neues gab, bekam er eine SMS:

Olli ich finde dich lieb ♥ lass uns jeden tag zu der stelle gehen! Hast du schon mit deiner schwester geredet wegen dem was sie zu mir gesagt hat? Ganz schön merkwürdig ... tausend x

Er simste ihr:

Gute idee! Ich finde dich auch lieb ... Noch nicht gefragt, das verschwinden hat sie sehr erschreckt. Ich frage sie wenn das wieder i.O. ist, ok?
Tausend+1 x zurück

Innerhalb einer Minute kam die Antwort:

ok ollibolli x (immer einer mehr als du ... ☺)

Mit »der Stelle« meinte sie den Lila Weiher, denn da hatte es am selben Tag zwischen ihnen gefunkt. Nach dem ganzen dummen Getue mit den SMS, dem Telefonat und dem Spazierengehen war einen Tag später also doch noch was draus geworden.

*

Olivier holt sein Handy aus der Tasche und liest die Nachricht mit dem tausend und einen Kuss noch einmal. Wenn das wieder i.o. ist. Aber es ist nicht in Ordnung, und das wird es auch nie mehr sein. Er steckt voller Fragen, doch mit Düveke kann er jetzt nicht darüber reden. Warum hat sie das nur gesagt?

Olivier betrachtet seine Füße. Sie sind groß für einen Vierzehnjährigen. Er steht auf und holt unten aus dem Kleiderschrank seine guten Schuhe hervor. Eigentlich sind ihm die eine halbe Nummer zu klein, nach einiger Zeit drücken sie immer so. Dünne Socken helfen ein bisschen und Pflaster auch, aber heute will Olivier das nicht. Heute müssen die schwarzen, glänzenden Dinger ihm die Füße besonders eng abkneifen. So eng es nur geht, damit er sich ganz bestimmt dicke Blasen holt. Heute ist der Tag dazu, würde sein Vater sagen. Einer seiner vielen Standardsätze. Total nervig.

Zweites Kapitel

Vor einigen Monaten gab es schon mal eine Beerdigung. Die Kirche füllte sich damals wegen Mori, einem kleinen Jungen aus Düvekes Klasse, der bereits sein Leben lang irgendeine Krankheit hatte.

An dem Tag regnete es, heute hat die Sonne das Dorf zum Schwitzen gebracht. Nach Regen kommt Sonnenschein, sagen manche Leute, aber das ist natürlich kompletter Unfug.

Es ist ein schwarzer Tag. Olivier ist sich auch fast sicher, dass Rifkas Mutter gleich ein schwarzes Kleid und eine schwarze Sonnenbrille tragen wird. Wie im Film, denn so ist die Frau nun mal. Vielleicht wäre sie ja lieber in Hollywood auf die Welt gekommen. Bestimmt ist es für sie auch ziemlich schade, dass es nicht regnet. Schwarze Regenschirme hätten den heutigen Film perfekt gemacht.

Nicht zu düster, war die Kleidungsempfehlung auf Moris Trauerkarte gewesen. Seine Mutter hatte sich das überlegt und entsprechend waren an diesem Tag viele Farben in der Kirche zu sehen. Das hatte etwas.

Olivier trug sein blaues Hemd, Düveke hatte ihr dunkelrotes Blümchenkleid an. Nicht zu düster also. Wenn Olivier später stirbt, will er das auch. Selbst wenn er dann nicht mehr so sehr viel zu wollen hat.

*

Freitagmorgen. Der Tag des Verschwindens.

Die zweite öde Schulstunde ging dem Ende zu, Olivier hatte gerade Erdkunde. Er saß am Fenster, schaute nach draußen und sah sie. Sie kam auf den Schulhof geradelt und Olivier war sich sicher, dass sie ihn auch gesehen hatte. In der Klasse zu simsen war streng verboten, aber das hier war eindeutig ein Notfall. Er schrieb:

Kommst du mit mir mit?

Olivier sah, wie sie in ihrer Jackentasche tastete. Sie schaute zum Fenster und nickte. Er wollte ihr noch eine SMS schicken und sagen, sie solle warten, aber da kam ihm schon Herr Nijhuis zu Hilfe. Wer in der Klasse simst, wird vor die Tür geschickt, und so stand Olivier keine drei Minuten später neben ihr auf dem Schulhof.

»Wohin gehen wir?«, fragte sie.

»Das ist eine Überraschung.«

»Ach.«

Sie radelten wie besessen, so als wüssten sie beide, dass es gleich passieren würde. Und natürlich stimmte das auch. Am Waldrand stellten sie ihre Fahrräder an einen Baum und da traute sich Olivier, einfach so ihre Hand zu fassen. Sie ließ nicht los.

»Komm mit«, sagte er.

»Hast du vor, mich zu entführen?«, fragte sie.

Nein, sie wussten da noch nichts von Rifka. Olivier dachte zwar viel an sie, aber das hatte einen anderen Grund.

»Ja«, antwortete Olivier. »Und ich will dir was sagen.«

»Schön«, sagte sie.

Sie gingen und lachten. Bei einem dicken Baum blieben sie stehen.

»Ich komme eigentlich nie hierher«, sagte sie.

»Keiner tut das«, sagte Olivier.

»Ziemlich schön hier.«

»Ja, nicht?« Olivier klang nicht so, wie er gern geklungen hätte, aber sie schien es nicht zu merken. Sie fragte: »Was wolltest du mir denn sagen?«

»Äh.« Olivier wusste sehr gut, was er sagen wollte. Dass er verliebt war und sie küssen wollte, nur sie und keine andere, nie mehr eine andere. Aber er wusste nicht, wie er das je über die Lippen bringen sollte.

Dann passierte es. Einfach so aus dem Nichts kamen sich ihre Münder näher. Es war nicht so, dass er angefangen hätte oder sie. Sie beide fingen an. Sie taten es einfach: sich küssen. Und es war umwerfend.

Mein zweiter Kuss innerhalb von zwei Tagen, dachte Olivier, aber den ersten, davon erzähle ich niemandem was. Der hat nie stattgefunden.

Er streichelte ihren Rücken, ihre Beine, ihre Brüste. Woher er den Mut nahm, war ein Rätsel; er tat es einfach.

Sie sagte, sie sei ein bisschen in ihn verliebt. Olivier antwortete, er auch ein bisschen in sie. Sie sagte, eigentlich stünde sie schon ziemlich sehr lange auf ihn. Olivier antwortete, er eigentlich auch auf sie. Auch schon ziemlich sehr lange.

Sie redeten die entstandenen Missverständnisse aus der Welt, hielten einander an den Händen und lächelten sich an. Dann klingelte ein Handy.

*

Olivier bindet die Schnürsenkel seiner Kneifschuhe und setzt sich wieder auf die Bettkante. Innen an seiner Zimmertür hängt ein langer Spiegel. Jeden Morgen, wenn Olivier aus der Dusche kommt, stellt er sich nackt davor. Dann betrachtet er seine Arme, seine Beine, seinen Bauch und alles dazwischen. Jetzt guckt Olivier von der Bettkante aus auf sein halbes, gespiegeltes Selbst. Es ist eine düstere Hälfte.

»Olivier?« Seine Mutter klopft an die Tür und fragt: »Kommst du? Wir müssen gleich los.«

»Gut.«

Er hört ihre Absätze die Treppe hinunterklappern und dann wieder ein Klopfen. Sein Vater natürlich.

»Ja?«

»Darf ich reinkommen?«

»Meinetwegen.«

Sein Vater öffnet die Tür und einen Moment lang verschwindet Olivier aus dem Spiegelbild. Sein Vater setzt sich neben ihn aufs Bett. Jetzt nicht wieder in den Spiegel schauen, denkt Olivier, das wäre dumm. Ein Vater und ein Sohn nebeneinander auf einer Bettkante. Der reinste Fake. Außerdem schweigt sein Vater auch noch die erste halbe Minute. Noch gefakter.

»Olli?«

Endlich. Olivier weiß ohnehin schon, was er sagen wird, also könnte er eigentlich ebenso gut den Mund halten. Übrigens, fast immer, wenn sein Vater etwas mitzuteilen hat, ist es unangenehm, belehrend und ziemlich bescheuert. Dabei will Olivier jetzt eigentlich nur über eine Sache reden und gerade dazu darf sein Vater nichts sagen. Wegen der Ermittlungen.

»Gibst du nachher ein wenig auf deine kleine Schwester acht?«

Olivier nickt. Es ist genau der Satz, den er erwartet hat. Seine Eltern machen sich große Sorgen um sie und das ist sehr verständlich.

Düveke spricht nicht mehr. Mit niemandem. Sie hat völlig damit aufgehört, sagt nichts, kein Wort. Nur zum Essen und zum Trinken öffnet sie noch den Mund. Und selbst das so wenig wie möglich.

»Dükje«, sagte seine Mutter. »Bitte, liebe Dükje. Sag doch etwas!«

»Rede mit uns, Düük«, sagte sein Vater. »Du musst echt mit uns reden!«

Natürlich machen sich seine Eltern große Sorgen. Zwölfjährige Mädchen haben nicht zu schweigen. Aber Olivier denkt, dass er sie versteht. Irgendwie hat er das Gefühl, dass er seine kleine Schwester immer verstanden hat.

Anton will am liebsten von allen mit Düveke sprechen. Und obwohl sie nichts sagt, versucht Anton es jeden Tag wieder. Neben seinem dicken, borstigen Schnauzbart besitzt er eine Riesenportion Engelsgeduld.

Erst hatte Anton gefragt, ob Düveke zur Polizeiwache kommen wollte. Als dabei nichts herauskam, drehte er es um. Jeden Tag steht Anton jetzt bei ihnen zu Hause vor der Tür.

»Sie spricht immer noch nicht«, hört Olivier seine Mutter dann sagen.

»Trotzdem würde ich gern kurz hineinschauen«, hört er Anton dann antworten.

Das erste Mal kam Anton mit Rob, danach versuchte er es allein. Olivier versteht das. Rob ist eher ein Polizist für kaputte Fahrradlampen und Ruhestörungen als für verschwundene Mädchen. Aber auch allein schafft Anton es nicht. Die letzten zwei Male hat er deshalb eine Frau mitgebracht. Die hieß Petra und war offenbar Kinderpsychologin. Manche Kinderpsychologinnen können schweigende Mädchen wieder zum Reden kriegen. Petra nicht.

»Pa«, sagt Olivier, »natürlich gebe ich nachher auf Düki acht. Aber warum könnt ihr mir nicht wenigstens ungefähr erzählen, was los ist?«

»Wir wissen es auch nicht.«

»Aber Mama und du, ihr habt doch mit diesem Anton gesprochen?«

»Stimmt«, sagt sein Vater, »aber darüber dürfen wir halt nichts sagen.«

»Wieso denn nicht? Ich bin doch euer Sohn, oder?«

»Wir versuchen mit allen Mitteln, es richtig zu machen«, sagt sein Vater, »aber wir finden das hier sehr, sehr schwer.«

Was für ein alberner, leerer Fake-Satz. Er stammt noch nicht mal von ihm selbst, sein Vater hat ihn einfach von seiner Mutter geklaut. Außerdem ist er auch keine Antwort auf seine Frage. Aber gut, nichts dazu sagen jetzt. Heute ist nicht der Tag dazu.

»Ich verstehe, Pa«, antwortet Olivier. »Es ist auch schwer. Aber ich will wissen, was hier abgeht.«

Sein Vater schüttelt den Kopf. »Wir verstehen es auch nicht.«

»Ja, aber Pa ...« Olivier fühlt, wie er wütender wird. »Was hat Düveke damit zu tun?«

»Wissen wir nicht.«

»Und warum wurde noch niemand gefasst?«

»Wissen wir auch nicht.«

»Papa!«

Sein Vater schüttelt den Kopf. »Tut mir leid, Junge«, sagt er. »Deine Mutter und ich haben die wildesten Theorien gehört da auf der Wache. Von diesem Schwätzer natürlich.«

»Du meinst Rob?«

Sein Vater lächelt ein bisschen und nickt. Rob ist mit Marie verheiratet, der Leiterin der Grundschule. Seitdem Fred und Ada Boymans nach Spanien gezogen sind, sind Rob und Marie Voorthuis das vielleicht bekannteste Paar des Dorfes. Alle reden immer über die beiden, was umgekehrt aber genauso der Fall ist. Oliviers Vater hat damit so seine Schwierigkeiten. Rob nennt er immer nur »den Schwätzer« und Marie wurde von ihm in »Schwätzmarie« umgetauft.

»Wer mit der größten Plaudertasche dieser Welt verheiratet ist«, sagt Oliviers Vater, »dessen Geschwätz kann ich nicht allzu ernst nehmen. Es wäre also unsinnig, darüber jetzt auch noch zu spekulieren.«

»Ja, aber was hat Rob denn gesagt?«

Sein Vater schüttelt jetzt wieder den Kopf. »Wir dürfen nicht darüber reden, Olli. Echt nicht. Das ist besser. Und lass uns für heute bitte davon aufhören.«

So ein windelweicher, mundfauler Schlaffi, denkt Olivier. Bestimmt ist heute nicht der Tag dazu!

»Heute ist nicht der Tag dazu«, sagt sein Vater.

Olivier seufzt einen sehr, sehr tiefen Seufzer. Sein Vater schaut nach vorn, bestimmt in den Spiegel. Bescheuertes Getue. Er drückt kurz Oliviers Schulter, noch bescheuerter. Dann steht er auf und fragt: »Kommst du? Wir müssen gleich los.«

Seinem Vater fällt heute wirklich nicht ein eigener Satz ein.

Drittes Kapitel

Olivier steht vor dem langen Spiegel in seinem Zimmer. Er versucht, seine Haare zu einer Beerdigungsfrisur zu kämmen. Es will ihm nicht gelingen. Doofe Misthaare.

Olivier denkt an nachher, in der Kirche. Es ist abscheulich und bizarr. Beerdigungen sind scheiße. Beerdigungen von Kindern sind gleich dreifach scheiße. Die Beerdigung eines Mädchens, dessen warme Zunge man noch vor gar nicht langer Zeit im Mund gespürt hat, ist einfach so krass, dass einem die Worte fehlen.

*

Donnerstagabend. Der Tag vor dem Verschwinden und dem Kuss unter dem Baum. Olivier kam in seine Straße geradelt. Er hatte bei Juri gegessen und angeblich Hausaufgaben gemacht. In Wirklichkeit hatten sie einen Krisengipfel abgehalten. Über die Liebe.

Juri hatte gesagt, wie Olivier es seiner Meinung nach angehen sollte. »Du musst ihr gleich eins auf den Mund drücken.«

»Du meinst: sie küssen?«

Juri nickte. »Sage ich doch.«

»Ja, aber wie denn?«

»Einfach machen.«

»Das wollte ich heute auch schon«, sagte Olivier. »Aber es hat nicht geklappt.«

»Wieso nicht geklappt?«

Olivier erzählte von dem verwirrenden Telefongespräch und wie sie sich danach zum ersten Mal getroffen hatten. Es war in der kleinen Pause nach der zweiten Stunde und sie waren zu zweit spazieren gegangen.

Spazieren gehen. Mehr was für Erwachsene eigentlich. Eine

völlig bescheuerte und sinnlose Tätigkeit, aber genau das hatten sie gemacht. Eine Art Runde um die Schule gedreht. Olivier hatte es wohlgemerkt selbst vorgeschlagen.

Es fühlte sich eigenartig an, sie wussten nicht recht, was sie zueinander sagen sollten, und er dachte immer nur: Ich muss sie küssen, aber ich weiß nicht, wie. Letztendlich passierte wenig. Sie redeten nur über Belanglosigkeiten und Olivier wagte es nicht, zur Tat zu schreiten.

»Du darfst nicht so zweifeln«, sagte Juri.

Es war Olivier gelungen, ihm zu erklären, dass sie alles andere als eine dumme Kuh war. Juri verstand es und fand, es sei höchste Zeit für den nächsten Schritt. Beim nächsten Spaziergang musste es seiner Meinung nach unbedingt passieren.

Olivier hatte oft fantasiert, wie es sein würde: der erste Kuss. Er hatte sich gefragt, wie das wohl mit links und rechts ging. Wusste man von selbst, in welche Richtung man den Kopf drehen musste? Wie bei einer Art unausgesprochener Übereinkunft? Angenommen, das ging nicht gut und man stieß mit den Nasen aneinander! Wie lief so etwas?

Das mit der Zunge war auch ein Punkt, über den Olivier sich Sorgen gemacht hatte. Musste man sie kreisen lassen? Links oder rechts herum? Oder musste man sie einfach nur irgendwie bewegen?

Und noch etwas: Woher wusste man, wann der Kuss fertig war, wann man aufhören musste? Und falls man das wusste, wie machte man es dann? Konnte man einfach so seinen Mund von dem anderen wegziehen?

Lauter Probleme, aber kein einziges hatte er während des Krisengipfels mit Juri angesprochen und kein einziges war aufgeploppt, als es nicht viel später wirklich darauf ankam.

Olivier lehnte sein Rad an den Gartenzaun. Würde er sich das, was Juri ihm vorhin vorgeschlagen hatte, trauen? Er wollte gerade den Gartenweg betreten, als er durchs Fenster seinen Vater vor dem Fernseher sitzen sah. Bestimmt schaute der sich gerade irgendeinen doofen Quatschkram an oder einen Sportwettkampf. Olivier hatte überhaupt keine Lust, hineinzugehen. Er drehte sich um. Vielleicht noch ein kurzer Spaziergang, als Übung für morgen. Spazieren gehen. Und dann halt einfach machen.

Olivier ging auf die andere Straßenseite.

Das war eigenartig. Da saß Rifka. Es sah aus, als würde sie sich verstecken. Sie hockte hinter einem blauen Auto.

»Hallo Rifka.«

Sie hob den Kopf, wirkte etwas erschrocken. »Hi Olli.«

Er fragte, ob sie Versteck spielte. Sie schüttelte den Kopf. Er fragte, ob sie wegen seiner Schwester kam. Wieder schüttelte sie den Kopf.

Olivier schaute nach unten. Diese Rifka ... Ob sie wusste, dass ihr Shirt so weit war, dass man von oben reinschauen konnte? Sie hatte einen rosa BH an. Trug seine kleine Schwester eigentlich schon BHs? Olivier vermutete, nein, sie hatte auch noch kaum Brüste, aber Rifka besaß faktisch auch nicht sehr viel mehr. Trotzdem trug sie diesen rosa BH. Wie ein Mittelstufenmädchen. Olivier wusste nicht, warum er auf ihre Brüste schaute, es machte keinerlei Sinn. Sie machten keinerlei Sinn.

»Ich kam eigentlich deinetwegen«, sagte sie.

»Meinetwegen?«, fragte Olivier. »Was ist denn?«

Rifka, die seinetwegen kam. Es wirkte merkwürdig und das war es auch. Trotzdem war Oliviers Verwunderung mehr gespielt als echt. Nach ihrer Mathe-Hilfe von vor zwei Tagen hatte er viel an Rifka gedacht. Merkwürdige Gedanken, die er fachmännisch zu verdrängen versucht hatte, aber jetzt kamen sie wieder. Was an dem Tag zwischen ihnen vorgefallen war, hatte er sich vielleicht doch nicht nur eingebildet.

»Magst du dich kurz neben mich setzen?«, fragte sie.

»Auf den Gehweg?«

»Nur ganz kurz«, sagte Rifka. »Ich muss dir was erzählen.«

Gleich sagt sie, dass sie in mich verliebt ist, dachte Olivier. Nicht lange, einen Sekundenbruchteil vielleicht, aber doch. Nur sehr kurz wie gesagt, aber er dachte es echt.

Olivier blickte hinüber zum Haus. Sein Vater schaute immer noch fern, seine Mutter stand in der Küche.

»Na komm«, sagte Rifka.

Olivier setzte sich neben sie.

»Näher«, sagte sie.

Olivier rückte ein Stückchen näher, er spürte ihr Bein an seinem.

O mein Gott. Was war das hier? Nein, nein und nochmals nein! Weg mit diesen Unsinnsgedanken! Es ging wahrscheinlich überhaupt nicht um ihn. Was hatte er nur für Gedanken? Rifka wollte ihm bestimmt etwas von seiner Schwester sagen. Ja, so war es natürlich. Ein Problem, ein Streit, eine Überraschung.

Olivier fragte, ob es um Düveke ging.

»Es geht um dich«, flüsterte Rifka.

»Um mich?«

Flash, da waren sie wieder, die Gedanken. Gleich sagt sie wirklich, dass sie in mich verliebt ist, dachte er. Und dann muss ich sagen, dass das nicht geht. Dass ich ihr nicht böse bin, dass ich sie total nett finde, aber dass es einfach nicht geht. Dass sie zu jung ist und ich zu alt. Dass ich ziemlich verliebt in eine andere bin. Und dann muss sie weinen und ich muss sie trösten. Und das war's dann. Später wird sie es ganz sicher verstehen. Wie sie wohl schmeckt?

Nein! Weg mit den absurden Bildern!

Rifka drehte ihren Kopf in seine Richtung. Wahrscheinlich traute sie sich nicht, es laut zu sagen, und wollte es ihm ins Ohr flüstern. Olivier drehte seinen Kopf zur Seite.

Einfach machen. Olivier war vierzehn und hatte keine Ahnung, wie er sich das je trauen sollte. Rifka war zwölf, ging noch zur Grundschule. Sie war die beste Freundin seiner kleinen Schwester. Die beiden spielten wahrscheinlich noch Kinderspiele miteinander. Murmeln, Fangen, Seilspringen. Trotzdem schien es, als hätte Rifka Juris Ratschlag besser begriffen als jeder andere.

Einen Moment lang dachte Olivier: Warum sagt sie jetzt nichts? Dann spürte er etwas Nasses an seiner Wange und dieses Nasse war nichts weniger als Rifkas Grundschulmädchenzunge. Noch ehe Olivier reagieren konnte, nahm sie seinen Kopf zwischen die Hände und begann, ihn zu küssen. Sie stopfte ihm ihre Zunge in den Mund und bewegte sie wild hin und her.

Erwiderte er ihren Kuss? Vielleicht, ganz kurz, aber das hätte auch die Natur sein können. Dass, wenn die eine Zunge mit der anderen zu spielen beginnt, die andere Zunge darauf wie von selbst reagiert.

Sie küssten, küssten und küssten sich.

Nein, stopp! Das hier ging ganz und gar nicht. Das hier war verkehrter als verkehrt. Es musste aufhören, und zwar sofort. Was um Himmels willen tat er hier? Olivier legte seine Hände auf die von Rifka und zog sie von sich ab. Er stand auf.

»Olli?«, fragte Rifka. »Olivier?«

Er betrachtete sie, sie sah aus, als hätte sie sich mit jemandem geprügelt. Olivier sagte, er würde ins Haus gehen. Rifka fragte noch etwas. Er hörte schon nicht mehr zu.

*

Sie stehen zu viert im Wohnzimmer.

Seine Mutter sagt: »Los geht's, Leute.«

Sein Vater sagt: »Ja, wir müssen los.«

Olivier sagt: »Okay, lasst uns gehen.«

Seine kleine Schwester sagt nichts.

Der Hausarzt Doktor Wierenga nennt Düvekes Schweigen posttraumatischen Stress. So etwas kann vorkommen, meinte er, und das, was passiert ist, ist natürlich auch keine Kleinigkeit. »Sie wird irgendwann schon wieder von selbst sprechen«, sagte er. »Gebt ihr etwas Zeit.«

Olivier denkt an seinen ungeduldigen Vater. Am ersten Schweigetag verstand der rein gar nicht, worum es ging.

»Dükje?«

Keine Reaktion.

»Düük!«

Keine Reaktion.

»DÜ-VE-KE! VERDAMMT, GIB ANTWORT!«

Jetzt kam eine Reaktion, von Oliviers Mutter. Sie sagte, er solle ruhig bleiben, Düük könne auch nichts dafür und das sei schließlich keine Art.

Am Anfang fragte sich Olivier, ob es stimmte, ob Düveke tatsächlich nichts für ihr Schweigen konnte.

»Magst du ein Butterbrot?«

Sie schüttelte den Kopf.

»Willst du eine Tasse Tee?«

Sie nickte.

»Warum sagst du nichts mehr?«

Sie zuckte mit den Schultern.

»Kannst du denn reden?«

Noch einmal die Schultern.

»Willst du nicht reden?«

Und wieder die Schultern.

Und dann wurde Doktor Wierenga hinzugezogen. Er meinte, alle sollten unbedingt weiter mit ihr kommunizieren. »Zeigt Düveke, dass ihr für sie da seid«, sagte er. »Betont das immer wieder.«

Es ist genau das, was Anton jeden Tag tut, wenn er vorbeikommt. Wenn Olivier oben an der Treppe steht und die Ohren spitzt, kann er Anton unten im Wohnzimmer gerade so verstehen. »Hör zu, Düveke«, hört Olivier ihn dann sagen. »Wir sind für dich da.«

Sie gehen zu viert den Gartenweg entlang. Düveke trödelt schon jetzt.

»Was für ein brütend heißes, drückendes Wetter«, sagt seine Mutter.

»Heute ist der Tag dazu«, sagt Olivier.

Sein Vater schaut ihn an. Olivier erwidert seinen Blick. Sie sagen nichts zueinander.

Viertes Kapitel

»Was für ein fürchterlicher Gestank hier in der Luft hängt«, sagt sein Vater. »Und gotterbärmlich heiß ist es auch.« Er zieht sein Jackett aus, steckt einen Finger durch die Schlaufe und lässt es über seiner Schulter baumeln. Unter seinen Achseln sind schon feuchte Flecken. Olivier spürt, wie ihm ein Schauder über den Rücken läuft.

»Zieh sie bitte wieder an«, sagt seine Mutter.

»Ich sagte, mir ist heiß«, sagt sein Vater.

»Das sehe ich, Schatz«, sagt seine Mutter. »Und mit mir auch alle anderen.«

Sie gehen zu viert zur Kirche, haargenau wie vor einigen Monaten. Sein Vater seufzt und zieht das Jackett wieder an. Was für eine Leier, denkt Olivier, erst recht an einem Tag wie heute. Aber der Gestank, von dem sein Vater sprach, ist dennoch eine Tatsache. Wenn der Wind gerade so steht wie jetzt, erfüllt ein alles beherrschender Geruch die Luft. Ein schmutziger Qualm von Rauch und Feuer, der vom Ortsrand rüberweht. Von dem alten Holzhaus von Fred und Ada Boymans, um genau zu sein. Vor Kurzem ist es in Flammen aufgegangen. Alle dachten sofort, es hätte etwas mit dem Verschwinden zu tun, aber Marie verbreitete schon bald die Nachricht, das sei reiner Zufall. Das hatte sie natürlich von Rob und die Neuigkeit ging wie ein Lauffeuer durchs Dorf. Vandalismus, hieß es. Wahrscheinlich ein paar junge Rotzlöffel, die eine leerstehende Villa brennen sehen wollten. Als die Feuerwehr endlich eintraf, war das Haus fast vollständig in Asche gelegt.

Olivier atmet noch einmal tief durch die Nase ein. Ein schwarzer Geruch für einen schwarzen Tag. So hat es dann doch miteinander zu tun.

*

Mittwochabend. Der Tag vor dem verkehrten Zungenkuss hinter dem Auto. Sie saßen zu fünft am Tisch, denn Rifka aß mit. Wenn Olivier es sich recht überlegte, war das das vorletzte Mal, dass er sie sah.

Bei Tisch herrschte eine angespannte Atmosphäre, er ärgerte sich wieder mal maßlos über seinen Vater. Die Art, wie der sein Essen zermanschte und wegschmatzte, ließ Olivier erschauern. Rifka störte sich an gar nichts. Sie plapperte munter drauflos und lud sich zum dritten Mal grüne Bohnen auf den Teller.

Olivier betrachtete sie und dachte an den Tag davor. An seine Hausaufgaben und Rifka, die ihm angeblich dabei helfen wollte. Hatte er sich das alles nur eingebildet? Sie war ein schönes Mädchen. Oder na ja, später würde sie ein schönes Mädchen werden. Mit einem schönen Gesicht und schönen Haaren. Jetzt war Rifka einfach noch eine Grundschülerin und die beste Freundin seiner kleinen Schwester. Ja, Olivier hatte sich das alles bestimmt nur eingebildet. Besser, er vergaß das Ganze einfach und schickte alle seine Gedanken in Richtung eines anderen Mädchens. Des Mädchens, in das er bis über die Ohren verliebt war.

»Die Bohnen schmecken wirklich ganz wunderbar«, sagte Rifka. Eine Grundschülerin also, und eigentlich auch eine kleine Schleimerin, aber Oliviers Vater sagte irgendwas wie »sehr schön« und seine Mutter nickte zustimmend.

Dann piepte es in Oliviers Hosentasche. Sein Vater schaute leicht genervt in seine Richtung, Olivier fühlte, wie ihm ein sehr tiefer und müder Seufzer durch den Leib fuhr. Andere Leute konnten bei ihnen zu Hause immer nur alles richtig machen, während Olivier selbst nichts als Kritik und böse Blicke erntete. Aber diesmal machte er sich nichts draus, denn gerade wenn andere Leute im Haus waren, wollte seine Mutter lieber keinen Streit. Und falls es doch dazu käme, bedeutete das eigentlich zwei Fliegen mit einer Klappe. Sein Vater böse und seine Mutter unglücklich.

Olivier holte sein Handy aus der Tasche.

»Junger Mann«, sagte sein Vater fast zeitgleich: »Wir sitzen noch am Tisch und essen.«

Na klar doch, der Meckerarsch konnte es mal wieder nicht lassen. Hätte er auch etwas gesagt, wenn Rifka eine SMS bekommen hätte? Bestimmt nicht.

»Ich bin aber schon fertig«, sagte Olivier.

Sein Vater sagte, er sei nicht der Einzige am Tisch.

»Tatsächlich?«

»Wie bitte?«, rief sein Vater.

Aber da griff seine Mutter schon ein - genau wie erwartet -, denn sie wollte mal wieder den lieben Frieden wahren. Olivier fragte, ob er vom Tisch aufstehen dürfte.

»Weil?«, fragte sein Vater.

»Ich habe noch sehr viele Hausaufgaben.«

Seine Mutter spielte den rettenden, friedliebenden Engel. »Wir müssen uns beeilen, wegen des Elternabends«, sagte sie. »Alle sind entschuldigt. Nimmst du bitte auch etwas mit in die Küche, Olli?«

Ein paar Minuten später saß Olivier auf seiner Bettkante und las zum soundsovielten Mal die SMS, die er während des Essens bekommen hatte. Es war eine merkwürdige Nachricht.

Hallo olivier. Hältst du mich für eine dumme kuh? Kannst du mir das dann direkt ins gesicht sagen bitte? Wäre viel cooler. Gruß ilona

Er begriff das Ganze nicht. Wie konnte Ilona das bloß denken? Eigentlich fiel ihm nur eine Antwort dazu ein: Juri. Der musste irgendwas Dummes gesagt haben. Olivier rief ihn an.

»Yo, Olli.«

»He Juri, ich wollte dich kurz was fragen.«

»Ja?«

»Hast du Ilona gesagt, ich würde sie für eine dumme Kuh halten?«

»Wie kommst du denn darauf?«

»Das stand in ihrer SMS.«

»Dass ich das gesagt hätte?«

»Nein, dass ich sie dafür halte.«

»Ich habe überhaupt nichts gesagt.«

»Von wem hat sie es dann?«

»Keine Ahnung.«

Dumme Kuh. Typische Juri-Worte. Olivier wusste noch, wann Juri das gesagt hatte. Sie saßen einmal zu zweit in seinem Zimmer und unterhielten sich über gut aussehende Mädchen auf der Schule. Olivier hatte da von Ilona angefangen, nicht von ungefähr natürlich.

Es war ein paar Tage nach der Beerdigung von diesem Mori gewesen, dem Jungen aus Düvekes Klasse. Mehr weiß Olivier eigentlich nicht über ihn, aber an die Beerdigung erinnert er sich noch gut. Nicht an die Sachen, die da gesagt wurden, aber umso mehr an Ilona, die zwei Reihen vor ihm saß.

Olivier hatte immer nur sie anschauen können. Sie trug ein grünes Kleid, nicht zu düster eben. Eine Kirche voller Farben und dazu Oliviers rote Birne. Zum Glück hatte niemand etwas bemerkt. Ilona war so was von schön in diesem Kleid. Er betrachtete sie von der Seite. Ihre Wangen, ihr Haar, ihre Nase und ihre Brüste, besonders die Brüste. Sie saßen perfekt, wenn man das so sagen kann.

Es war, als hätte der Macher des Kleides genau diese Brüste vor Augen gehabt, als er am Zeichentisch saß und die ersten Skizzen seines Entwurfs zu Papier brachte. Dieses grüne Kleid ist lediglich für ein einzigartiges Paar Brüste bestimmt. Welche es dann werden sollten, konnte er - denn dass der Macher ein Er war, daran zweifelte Olivier nicht - natürlich nicht wissen, aber irgendwo auf der Welt musste es sie geben. Der Mann würde vor Stolz strahlen, wenn er Ilona hier sitzen sähe. Genau so hatte er es nämlich gemeint.

Olivier sah Ilona noch nicht mal sehr gut, aber gerade gut genug, um sie die ganze Zeit hindurch weiter betrachten zu müssen. Ehrenwort, er konnte nicht anders. Damals, da bei dieser Beerdigung, hatte sich Olivier verliebt.

»Ich halte sie überhaupt nicht für eine dumme Kuh«, sagte er zu Juri.

»Ach«, antwortete Juri. »Ich dachte schon.«

»Du bist der Einzige, der das dachte.«

»Ja, und?«

»Wenn du es nicht zu Ilona gesagt hast, zu wem dann sonst?«

»Zu keinem.«

»Tschau, Juri.« Olivier legte auf. Das schien völlig in die verkehrte Richtung zu gehen. Er war verliebt in Ilona, während sie dachte, er hielte sie für eine dumme Kuh.

Olivier bekam wieder eine SMS. Von Juri. Da stand:

Typ ich schwör dir ich hab nichts gesagt. Zu keinem. Aber wenn es so schlimm für dich ist: Wieso rufst du sie nicht einfach an? HDOS alter

Ja, natürlich konnte er Ilona einfach anrufen. Und dann holpernd und stotternd erklären, das Ganze wäre ein einziges großes Missverständnis. Sie würde ihn rundheraus auslachen. Anrufen war eine reichlich schlechte Idee und außerdem das Letzte, was Olivier sich getraut hätte. Stattdessen überlegte er sich eine SMS.

He ilo, wie kommst du bloß auf so was? Kann mir nicht vorstellen wer dir solches zeug erzählt hat. Ist schließlich echt krasser unsinn und überhaupt nicht meine meinung. Im gegenteil. Olivier

Genau 160 Zeichen. Aber war das auch ein guter Text? Das »Im Gegenteil« wirkte vielleicht etwas seltsam. Was würde sie davon halten? Und krass war eigentlich überhaupt kein Olivier-Wort. Er löschte den Text und schrieb:

Wie kommst du bloß auf so was? X olivier

Kurz und tough. Aber so tough fand Olivier es am Ende doch nicht. Ilona würde ihm sicher wieder eine Nachricht zurückschicken und dann musste er ihr wieder eine schicken. Und dann sie ihm wieder eine und er ihr und so würde das immer weitergehen. Sich die ganze Zeit gegenseitig mehrdeutige SMS zu schreiben, dazu hatte Olivier überhaupt keine Lust. Simsen hatten auch wenig mit echter Kommunikation zu tun. Natürlich kam man nicht ohne aus, aber im Grunde war es der reinste Schein. Er löschte den Text wieder und schrieb:

Bist du verrückt geworden? Für mich bist du eine göttin! Ich will dich küssen, küssen und wieder küssen. Immer und überall. Und jeder kuss macht mich sicherer dass du für immer bei mir bleibst.

Das waren auch 160 Zeichen. Aber die konnte er ihr natürlich nie schicken. Vielleicht entsprachen sie der Wahrheit, aber sie waren trotzdem komplett bescheuert.

Oliviers Handy ging. Jemand rief ihn an und dieser Jemand war Ilona, er erkannte die Nummer.

Olivier erschrak, er wusste nicht sicher, ob er sie wegdrücken oder rangehen sollte. Er tat das Erste und sofort danach erschienen auf dem Display wieder die Nachrichten. Und aus Versehen drückte er dann auf Senden. Es ging alles ein bisschen zu schnell. Olivier sah es geschehen, wollte es noch stoppen, aber das ging nicht mehr.

Mist, dachte er. Und danach noch viel mehr solche Wörter. Oder schlimmere. Es war ja auch eine regelrechte Katastrophe. Küssen, küssen und wieder küssen? Immer und überall? Ilona würde ihn für gestört halten. Einen gescheiterten Dichter, einen minderbemittelten Sexprotz.

Und vielleicht war er das in Wirklichkeit ja auch, aber Ilona war die Letzte, die das wissen durfte.

Konnte er dafür sorgen, dass sie die SMS nicht las? Nein. Was war er nur für ein bescheuerter Trottel! Sie würde ihn immer und überall hassen oder ewig verachten. Reichlich doof, das Ganze.

Das Einzige, was Olivier noch einfiel, war: anrufen. Und zwar sofort. Er traute sich nicht, aber es musste sein. Sonst hatte er es bestimmt endgültig mit ihr verdorben. Falls es da überhaupt noch was zu verderben gab.

Das Telefon ging. Olivier spürte dieses hohle Gefühl im Bauch, das er aus der Schule kannte, wenn die Blätter für eine ganz wichtige Klassenarbeit verteilt wurden und er schon im Vorhinein wusste, dass er nicht genügend gelernt hatte.

»Hallo, hier ist Ilona.«

»Hi. Äh. Olivier hier.« Olivier hier. Was für ein katastrophal schlechter Fake-Satz.

»Hast du mich grad eben weggedrückt?«

»Äh, ja. Aus Versehen.«

»Ach. Nett.«

»Es war echt aus Versehen.«

»Na klar. Hast du meine Nachricht bekommen?«

»Ja. Ich wollte dir gerade zurücksimsen.«

»Aber ja doch, natürlich. Ich habe nichts erhalten.«

»Nein, aber ich, äh ...«

»Oh, warte mal. Ich glaube, da kommt etwas rein. Ist das von dir?«

Es blieb eine Zeit lang still. Ob Ilona auch durchs Telefon spüren konnte, wie sehr Oliviers roter Kopf glühte?

Es blieb noch länger still. Dann fragte sie: »Sag mal, willst du mich verarschen?«

»Äh. Nein.«

»Ach.«

Es blieb wieder eine Zeit lang still.

»Echt nicht?«, fragte Ilona.

»Nein«, sagte Olivier. »Echt nicht.«

»Ach.«

Sie waren sehr lange still. Dann begann Ilona leise zu kichern.

»Lachst du mich aus?«, fragte Olivier.

»Ja«, sagte Ilona.

»Hältst du mich für gestört?«

»Ja«, sagte Ilona wieder.

»Und für einen äh ... einen gescheiterten Dichter?«

Ilona hörte auf zu kichern. »Ja«, sagte sie zum dritten Mal.

Olivier schwieg. Gut möglich, dass er seine ganzen Chancen verspielt hatte und dass Ilona jetzt einsah, dass sie es mit einem sexbesessenen Freak zu tun hatte. Aber etwas in ihrer Stimme, etwas in dem Kichern und dem dreimaligen Ja sagte ihm, dass es vielleicht - also nur vielleicht - nicht so war. Dass er mit ein klein wenig Glück sehr kurzfristig doch noch die Chance auf seinen ersten echten Kuss bekam.

*

»Dükje, Schätzchen«, sagt seine Mutter. »Du musst aber ein ganz klein wenig vorwärts machen, Liebes.«

Olivier dreht sich um, Düveke geht an die zehn Meter hinter ihnen her. Den Mund geschlossen, die Augen auf Unendlich. An nichts ist zu erkennen, ob sie seine Mutter gehört hat, und die sagt noch einmal: »Dükje ...«

Olivier und seine Eltern halten kurz inne. Düveke kommt langsam näher. Seine Mutter fragt, ob er neben ihr gehen möchte, Olivier tut es. Im Handumdrehen sind ihre Eltern schon wieder vor ihnen. Düveke will echt nicht vorwärts machen.

»Düki.«

Keine Antwort, natürlich nicht.

»Düük, ich verstehe dich schon, denke ich.« Er betrachtet sie. Sie schaut nicht zurück. »Wenn du eine Zeit lang nichts zu sagen hast, dann ist das schon in Ordnung.«

Olivier nimmt Düvekes Hand und drückt sie kurz. Sie reagiert nicht, drückt nicht zurück, aber sie lässt seine auch nicht los.

Bruder und Schwester, Hand in Hand. Nur gut, dass es keine Spiegel in der Nähe gibt oder glänzend geputzte Schaufensterscheiben. Mit Ausnahme von Boymans sind alle Geschäfte aus dem Dorf verschwunden, sich selbst irgendwo zu betrachten ist also fast nicht mehr drin. Obwohl sich das jetzt doch weniger wie ein Fake anfühlt. Millionen von Menschen vor ihnen sind genauso wie sie gegangen, das ist ganz bestimmt wahr. Und doch, denkt Olivier, doch ist das hier anders.

Fünftes Kapitel

Je mehr sie sich der Kirche nähern, desto scheußlicher fühlt sich Olivier. Das kommt auch durch das idiotische Gedränge um sie herum. Bei Mori war es schon voll - knallvoll -, aber offenbar geht es noch voller. Es hat den Anschein, als wäre das ganze Dorf zu irgendeinem festlichen Ereignis ausgerückt. Überall auf der Straße bewegen sich Menschengruppen auf dasselbe Ziel zu und nur die bedrückten Mienen verraten, dass es nichts zu feiern gibt. Wenn sich Blicke begegnen, folgt ein betont verständnisvolles Nicken. Wir wissen alle, was für ein Tag heute ist, nicht wahr?, bedeuten sich die Gruppen gegenseitig mit ihrem Kopfnicken.

Olivier hasst das. Es ist genau wie im Supermarkt, wenn man an der Kasse Schlange steht und vorne jemand nicht mit seiner Bankkarte klarkommt und so den ganzen Laden aufhält. Andere Wartende in der Schlange suchen dann sofort Augenkontakt miteinander. Vielleicht brauchen die Leute das, denkt Olivier. Ein Gefühl der Gemeinsamkeit, des gemeinsamen Leidens. Wir wissen alle, was für ein Riesentrottel da vor uns steht, nicht wahr?, nicken sich die Schicksalsgenossen in der Kassenschlange gegenseitig zu.

Olivier versucht, jeden Augenkontakt mit anderen Dorfbewohnern zu vermeiden. Ihr wisst nichts, denkt er. Hört auf mit den scheinheiligen Blicken! Niemand weiß, wie ich mich fühle, und niemand weiß, was Rifka für mich empfand.

Das weiß Olivier noch nicht einmal selbst.

*

Dienstagnachmittag. Der Tag vor dem verwirrenden Telefonat. Rifka war nach der Schule mit Düveke mitgekommen, Olivier saß im Wohnzimmer mit einem Taschenrechner vor der Nase und

Musikstöpseln in den Ohren. Hausaufgaben machen nannte er das, denn seine Eltern hatten sich überlegt, dass Hausaufgabenmachen nicht mehr in seinem eigenen Zimmer stattfinden durfte. Sein Vater sagte, er habe wirklich keine Ahnung, was Olivier da den ganzen Tag trieb, woraufhin seine Mutter darauf bestand, dass er künftig unten arbeitete, ohne Ablenkung.

Aber gut, es war dieser Tag. Sein Vater war noch auf der Arbeit, in seinem blöden Büro - Olivier weiß sicher, dass er später niemals in einem Büro arbeiten wird -, und seine Mutter räumte oben irgendwelche Sachen auf. Olivier zog einen Stöpsel aus seinem Ohr und sagte »hi« zu Rifka.

»He, Olli!«, sagte Rifka. Sie fragte, ob er schwere Matheaufgaben zu lösen hätte.

»Schwere« Matheaufgaben? Olivier lachte. Rifka tat so, als säße sie schon lang und breit in der Mittelstufe. So sah sie auch aus an diesem Tag, wie ein Mittelstufenmädchen. Besonders so neben seiner eigenen kleinen Schwester fiel das auf. Die beiden waren gleich alt, aber äußerlich waren es zwei völlig verschiedene Wesen.

Rifka machte einen auf fröhlich. Als seine Mutter herunterkam, riss sie noch mehr Witze. Sie erzählte, sie wollte auf dieses öde Gymnasium, und meinte dann, sie würde Olivier mal schnell mit Mathe helfen. Seine Mutter und seine Schwester verschwanden in die Küche, Rifka hatte sich inzwischen neben Olivier gesetzt.

»Bitte schön«, sagte er. »Dann löse mal schnell die Aufgaben, wenn du so schlau bist.«

»Okay«, antwortete Rifka. Sie beugte sich vor, um ins Buch zu schauen. Ihre Locken hingen Olivier ins Gesicht. »Mal sehen.« Sie bewegte ihre Hand zu dem Buch und befingerte den Seitenrand. Ihr Ellbogen berührte dabei Oliviers Arm.

»Und?«, fragte er, ohne sich zu bewegen.

»Sei nicht so ungeduldig, ja?« Rifka lachte. Es schien, als wären ihre Locken noch näher gekommen. Sie zog den Kopf ein Stückchen zurück und jetzt wischte ihre Nase flüchtig über seine Wange. Ganz flüchtig nur und doch hatte er es deutlich gespürt.

»Tja«, sagte Rifka. Sie hatte sich wieder normal auf den Stuhl gesetzt, mit einer Hand unter dem Tisch. Und die legte sie direkt neben sein Bein. Und zwar so nah daneben, dass er sie durch seine Hose hindurch spürte, aber gleichzeitig auch wieder so normal, dass es ebenso gut ein Versehen wie Absicht sein konnte.

Olivier reagierte nicht. Er setzte sich weder anders hin noch sagte er etwas. Vielleicht sah er ja Gespenster und das Ganze hing mit diesen seltsamen Sexgedanken zusammen, die er in letzter Zeit im Kopf hatte. Was dachte er sich eigentlich? Dass Rifka, die zwölfjährige kleine Freundin seiner Schwester, ihn hier irgendwie anmachte? Und selbst wenn es so war, warum reagierte sein Körper dann darauf? Fand er es schön? Es schien zwar so, aber diese Rifka war noch ein Kind, eine Grundschülerin! Und Olivier war doch in ein ganz anderes Mädchen verliebt, oder? Ein älteres Mädchen, mehr in seinem Alter, mit atemberaubenden Brüsten. Und doch ... Nein, Unsinn. Olivier musste diesen lächerlichen Gedanken möglichst schnell zunichtemachen.

*

»Du lieber Himmel«, sagt seine Mutter. »Seht euch das an!«

»Allmächtiger Gott«, sagt sein Vater.

Olivier schaut, was sie meinen. Vor der Kirche hat sich eine Flut von Journalisten, Fotografen und Filmteams angesammelt, sie halten neugierig Maulaffen feil. Oder na ja, wirklich neugierig sind sie natürlich nicht. Sie wissen schon alles und warten nur auf die Bilder, die ihr eigenes Bild bestätigen. Es sind vielleicht eher hungrige Wölfe. Oder Hyänen. Ein Rudel geduldiger Hyänen, die ihr Opfer erst angreifen, nachdem ein größeres, stärkeres Tier die Hauptarbeit schon erledigt hat. Oder nein, denkt Olivier, weißt du, was sie sind? Aasgeier. Die kommen erst an die

Reihe, nachdem die Hyänen zu Ende gefressen haben. Sie dürfen die Überreste auffuttern, die zurückbleiben. Die letzten kleinen Reste und Stücke der bereits ausgeweideten Dorftragödie.

Männer und Frauen steigen in Fernsehbusse ein und aus, Kameras werden getestet, Fotoapparate klicken schon mal für ein paar stimmungsvolle Bilder.

»Die Hektik des Augenblicks«, sagt Olivier.

»Was?«, fragt sein Vater.

Olivier lässt Düvekes Hand kurz los. Er zeigt auf die erregte Menschenmenge und sagt: »Morgen gibt es wieder einen anderen Grund, weswegen die Welt kopfsteht.«

»Ich verstehe dich nicht«, sagt sein Vater.

»Ich bitte euch«, sagt seine Mutter. »Nicht hier, nicht heute.«

»Ich habe keine Ahnung, wovon du sprichst, Schatz«, sagt sein Vater.

Olivier schweigt. Genau wie seine kleine Schwester. Er hat sie wieder an der Hand gefasst, zusammen gehen sie weiter, zum Eingang der Kirche. Niemand wagt es, sie zu filmen oder zu fotografieren. Aus Achtung vor den Angehörigen, heißt das. Wenn diese Medienleute wirklich Achtung hätten, denkt Olivier, wären sie zu Hause geblieben. Oder sie hätten einen betont achtsamen Beitrag über irgendeinen Bankraub oder brennenden Bauernhof gemacht. Jetzt sind sie nicht mehr als ein Haufen Sensationslustige.

»Grüß dich, Düveke.«

Olivier hebt den Kopf. Es ist Dingsda, Anton mit dem Bürstenschnauzbart. Düveke drückt zum ersten Mal - ganz leicht - Oliviers Hand. Sie schaut auf den Boden, aber er hat es doch deutlich gespürt.

»Hallo«, sagt Olivier und fragt sich, was Anton hier tut. Ist selbst die Beerdigung ein Moment für polizeiliche Ermittlungen oder ist er wirklich so ein mitfühlender Mann?

Anton nickt Olivier freundlich zu. Dann schaut er zu Düveke. »Wie fühlst du dich, Düveke?«, fragt er.

Sie drückt nochmals Oliviers Hand - etwas fester jetzt - und guckt weiter auf den Boden. »Sie redet noch immer nicht, wissen Sie«, sagt Olivier.

»Das wird schon«, sagt Anton. Er klingt wirklich wie ein lieber, mitfühlender Mann mit einer Engelsgeduld. Trotzdem findet Olivier es eigenartig. Ist das nicht der Tag, an dem man das ganze Dorf einfach in Ruhe lassen sollte?

»Wir sehen uns morgen, ja, Düveke?«, sagt Anton. »Kommst du dann zu mir ins Büro?«

Düveke schaut immer noch auf den Boden.

»Wenn du magst, darfst du deinen Bruder mitbringen«, sagt Anton.

»Mich?«, fragt Olivier.

Düveke drückt zum dritten und festesten Mal seine Hand, während Anton nickt. »Es wäre vielleicht ganz schön für sie«, sagt er. »Oder nicht, Düveke?«

Anton tut schon eine Woche lang so, als würde sie doch reden, und labert Düveke stur jeden Tag wieder voll. Er will auch sehr gern mit ihr allein reden. Mit Düveke und niemandem sonst. Oliviers Eltern haben mindestens ein Dutzend Mal vorgeschlagen, sich mit dazuzusetzen, aber Anton hielt das für keine gute Idee.

»Ich dachte, Sie wollten allein mit Düveke sprechen«, sagt Olivier. »Ohne andere Leute.«

»Du«, sagt Anton. »Sag ruhig Du zu mir. Du brauchst mich nicht zu siezen.« Dann geht er weiter zum Eingang der Kirche. Er dreht sich noch einmal um und sagt: »Denk mal darüber nach, Düveke, ob du deinen großen Bruder mitbringen willst. Magst du das für mich tun?«

Er bekommt keine Antwort - natürlich nicht -, aber diesmal wartet Anton auch gar nicht darauf. Er geht weiter und betritt die Kirche.

Sechstes Kapitel

Vor dem Eingang zur Kirche bleibt Düveke stehen. Sie gleicht einem scheuenden Dressurpferd, direkt vor dem schwierigsten Hindernis im Parcours. Weit gekommen, hoch gesprungen, aber dieser letzte Sprung ist genau einer zu viel.

»Es ist fürchterlich, Düük«, sagt Olivier. »Das ist einfach so. Vielleicht hilft es überhaupt nichts, aber ich bin bei dir. Das weißt du, ja? Immer.« Sie reagiert nicht, Olivier redet weiter. Er sagt: »Ich will auch nicht, trotzdem müssen wir.«

Olivier betrachtet seine kleine Schwester. Vielleicht wurde in einem vergleichbaren Moment, vor langer Zeit, der Ausdruck »etwas trockenen Auges mit ansehen« erfunden. Es erscheint ihm logisch, dass man auf der Beerdigung seiner besten Freundin von einem unaufhörlichen Tränenstrom begleitet wird, aber nichts in Düvekes Augen erweckt den Eindruck von Nässe. Während sich seine eigenen Tränen schon seit Tagen bereithalten, um ihm aus dem Gesicht zu springen, scheint sie vergessen zu haben, wie das noch mal funktioniert, das mit dem Weinen.

Wann hat Olivier seine Schwester eigentlich zum letzten Mal weinen sehen? Früher steckte sie voller Tränen. Es hat eine Zeit gegeben, da musste er sie fast jeden Abend trösten, wenn sie im Bett lag und sich vor dem großen, schwarzen Nichts fürchtete. Seine Eltern schienen wenig davon zu begreifen, aber Olivier verstand es umso besser. Es war ein tiefes, dunkles Gefühl, das ihn selbst auch oft gequält hatte. Angst vor der Leere, dem Unbekannten, dem Tod. Grund genug, Abend für Abend zu ihrem großen Bruder ins Bett zu kriechen.

Aber das liegt schon so lange zurück. Vielleicht hat er Düveke schon ein Jahr lang nicht mehr so erlebt. Das letzte Mal, als er sie weinen sah, ging es um etwas ganz anderes. Olivier erinnert sich.

*

Es war vor einem halben Jahr. Es ging um die Schwänesammlung ihrer Mutter. Potthässliche Glasfigürchen. Kitschiger Fake. Düveke hatte so einen Schwan auf dem Boden zerschellen lassen. Sie waren zu zweit zu Hause und sie kam schluchzend in Oliviers Zimmer.

»Was ist los, Düki?«

»Ich habe einen fallen lassen.«

»Was hast du fallen lassen?«

Es war ein schwarzer Schwan, der einzige schwarze. Womöglich der allerhässlichste von allen. Olivier war sich noch nicht mal sicher, ob diese Schwäne seiner Mutter tatsächlich so am Herzen lagen. Fast nicht möglich eigentlich. Die Leute sammeln oft Sachen, von denen sie selbst genau wissen, dass es damit herzlich wenig auf sich hat. Sollte es irgendwen auf der Welt geben, der Gartenzwerge wirklich schön findet? Oder Zuckertütchen? Zigarrenbanderolen? Alles sinnloses Zeugs, das gesammelt wird, weil Menschen nun mal von Natur aus Sammler sind.

Olivier meinte, sie sollten es lieber verschweigen. Zusammen räumten sie die Scherben auf, und wie es weitergehen würde, würden sie später sehen.

Drei Wochen lang passierte nichts. Dann kam seine Mutter und sprach ihn darauf an.

»Olli?«

»Was?«

»Ich vermisse einen Schwan.«

»Eine von den Figuren?«

Seine Mutter nickte.

»Ja, und?«, sagte er.

»Ich frage mich, ob du vielleicht mehr darüber weißt.«

Olivier schüttelte den Kopf.

Seine Mutter nickte. »Hab ich mir schon gedacht«, sagte sie.

»Warum fragst du mich dann?«

»Weil Dükje sagt, sie wüsste auch von nichts.«

»Und das heißt?«

»Ich denke ehrlich gesagt, dass sie mich anschwindelt.«

Olivier musste schnell reagieren. Es war seine Idee gewesen, die Sache zu verschweigen, und Düveke blieb jetzt wie vereinbart dabei. Obwohl ihre Mutter ihr nicht glaubte. Für kleine Mädchen ist Lügen viel schwieriger als für große Jungs. War Olivier ein großer Junge? Na, also gut, um seine kleine Schwester zu schützen.

»Ma ...«, begann Olivier. »Ich habe den Schwan kaputt gemacht.«

»Was sagst du da?«

»Aus Versehen.«

»Wie bitte?«

»Ja, tut mir leid. Ich wollte es dir noch beichten, aber dann habe ich es vergessen.«

»Warum hast du das denn nicht schon eben zugegeben, als ich dich danach fragte?«

»Ich sagte doch: Tut mir leid!«

Seine Mutter wurde böse. »Ich verstehe das Ganze nicht«, sagte sie. »Lügst du mich jetzt an oder wie haben wir das?«

Es stimmte, was sie behauptete, aber nicht so, wie sie es meinte. Olivier entschuldigte sich zum dritten Mal und sagte, eigentlich wäre die Schwänesammlung doch nur hässlicher Kitsch.

»Darf ich das bitte schön selbst entscheiden?«, fragte seine Mutter.

»Meinetwegen«, sagte Olivier.

Da wurde sie richtig böse. Später beschlossen sie und sein Vater, dass er zwei Wochen lang kein Taschengeld bekam. Eine Woche wegen des Schwans und die andere, weil er gelogen hatte. Eine völlig bescheuerte Strafe natürlich.

*

Olivier und Düveke stehen Hand in Hand vor dem Eingang zur Kirche.

»Ihr Lieben«, sagt ihre Mutter. Sie steht hinter ihnen und reibt ihnen mit den Händen über den Rücken. »Lasst uns kurz auf Papa warten. Ich möchte sehr gern, dass wir alle zusammen reingehen.«

Olivier hasst es, wenn sie ihn »Papa« nennt, als wäre er ihr eigener Vater. Und dieses Reiben muss seinetwegen auch nicht sein. Vielleicht macht seine Mutter es bloß wegen der Kameras. Gefaktes Getue.

Olivier dreht sich um. Sein Vater unterhält sich mit einigen Leuten aus dem Dorf; den Nachbarn von Rifkas Eltern und wiederum deren Nachbarn.

Hinter seinem Vater kommen drei Leute angelaufen. Es sind Loes und Sjaak mit ihrer Tochter Ilona.

Ilona.

Ilona.

Ilona.

Sie trägt eine schwarze Hose mit einer schwarzen Jacke darüber und Olivier sieht es sofort. Schon bei der vorherigen Beerdigung - in dem grünen Kleid - ist sie ihm perfekt vorgekommen, aber bei näherer Betrachtung war auch das damals nicht mehr als der Augenblick. Denn die Brüste in dieser schwarzen Jacke ... vollkommen.

Ilona sieht ihn jetzt auch. Sie lächelt lieb. Bei allen anderen Menschen auf der Welt wäre das jetzt Fake und dumm gewesen, aber Ilona ist offenbar imstande, mit einer einzigen Mundbewegung einen riesigen Stapel Wörter überflüssig zu machen. Sie könnte böse sein auf Düveke, wegen dem, was die ihr gesagt hat, aber Ilonas Lächeln verrät, dass davon überhaupt keine Rede ist. Sie nähert sich dem Eingang der Kirche.

»Tag, Ilona«, sagt seine Mutter.

»Hallo zusammen«, sagt Ilona. »Hallo, Düveke!« Sie streckt

Olivier ihre Hand hin, er nimmt sie mit seiner freien Hand. Links seine kleine Schwester, rechts seine ... Ja, seine was eigentlich?

»Aha«, sagt seine Mutter. »Habe ich vielleicht etwas verpasst?«

Olivier spürt, dass er rot wird. Rotwerden, das liegt in der Familie.

»Vielleicht schon«, sagt Ilona. »Wir sind verliebt, müssen Sie wissen.«

Olivier wird noch röter. Wir sind verliebt. Das sagt sie einfach so. Was für ein umwerfendes Mädchen!

»Ach«, sagt Oliviers Vater.

Olivier dreht sich um. Loes und Sjaak und sein Vater stehen hinter ihnen. Sie lächeln alle drei mit Beerdigungsmienen. So ein Lächeln, das zeigt, dass man etwas zu würdigen weiß, gleichzeitig aber etwas sehr Schlimmes vorgefallen ist und bitte ja keiner glauben soll, man würde nicht den ganzen Tag daran denken.

»Schon lange?«, fragt Loes.

»Seid ihr, äh, wie nennt man das, geht ihr miteinander?«, fragt Sjaak.

Olivier weiß nicht recht, was er sagen soll, und mit so einer roten Birne wird es noch schwieriger, als es ohnehin schon ist. Miteinander gehen? Ja, so könnte man es vielleicht nennen. Er hofft es und Ilona bestätigt es. »Ja. Ich denke schon«, sagt sie. »Nicht, Olli?«

Olivier spürt immer noch die beiden Hände. Die von seiner kleinen Schwester und die von seiner Freundin. Diese beiden Hände sind die liebsten Hände, die ich kenne, denkt er und er sagt: »Ja. Ähm. Wir gehen miteinander, ja. Weil wir ineinander verliebt sind. Also.«

Er bringt die Worte nur schwer hervor, vielleicht auch gar nicht in der Reihenfolge, die ihm vorschwebte. Aber dann drücken die beiden Hände ihn kurz. Sanft, lieb, verstehend, bestätigend. Beide gleichzeitig und Olivier weiß, sein Gedanke eben war wahr. So schön sind diese Hände.

»Puh«, sagt seine Mutter. »Dann gibt es doch auch etwas Erfreuliches an diesem Tag.«

Sein Vater nickt.

Loes und Sjaak bedenken ihre Tochter und deren frischgebackenen Freund mit einem Lächeln.

Olivier drückt seine Schwester und seine Freundin zurück. Einen kurzen Moment lang hatte er vergessen, was für ein Tag heute ist. Er geht mit Ilona und die ganze Welt darf das jetzt wissen. Aber heute dreht es sich nicht darum. Heute findet eine Beerdigung statt. Eine ebenso elende wie tragische Scheißbeerdigung.

»Lasst uns reingehen«, sagt Olivier.

Hand in Hand in Hand betritt er die Kirche, auf dem Weg zu dem bisher schwärzesten Kapitel in seinem Leben.

Siebtes Kapitel

Olivier sitzt auf seiner Bettkante. Es ist spät und er ist todmüde. Die Kneifschuhe liegen achtlos ausgezogen in einer Zimmerecke, sie haben ihren Zweck erfüllt. Olivier zieht seine Socken aus und untersucht seine großen, schmerzenden Füße. Drei Blasen links, zwei rechts.

Er denkt an die zurückliegenden Stunden. Es müsste ein Wort geben, demgegenüber Begriffe wie »grässlich«, »fürchterlich« und »abscheulich« viel zu klein und unbeholfen klingen.

Grässlich. Fürchterlich. Abscheulich.

Vielleicht können alle Worte auf -lich zusammen ja eine Vorstellung von heute ergeben: ein abscheulicher, schrecklicher, grässlicher, schauerlicher, fürchterlicher, widerlicher Tag.

Der Tiefpunkt war zweifellos die Rede von Rifkas Hollywood-Mutter. Erst gab es ganz wunderbare und zugleich tieftraurige klassische Musik. Dann stand die Mutter da, hysterisch weinend. Das hohe, hohle Kirchenschiff warf das Echo von überall zurück und mischte sich mit dem Schluchzen und Jammern der restlichen Leute. Grässlich, fürchterlich, abscheulich. Rifkas Mutter sagte, sie hätten Saint-Saëns gehört, einen französischen Komponisten. »Der sterbende Schwan« hieß das Ballett, zu dem die Musik gehörte, und sie verglich ihre eigene Tochter mit so einem Schwan. Und dann wieder dieses hysterische Weinen. »Mein allerliebster kleiner Schwan fliegt nicht mehr«, jammerte Rifkas Mutter. Es war der größte Fake-Satz, den Olivier sich vorstellen konnte, aber so, wie Rifkas Mutter ihn aussprach, klang er echt. Und Olivier wusste, dass Düveke in diesem Moment an dasselbe dachte wie er. Ihre Hand verriet es.

*

Vor einem halben Jahr. Düveke hatte die schwarze Glasfigur zerbrochen und Olivier hatte sie mit einer Lüge aus der Schusslinie gehalten, als großer Bruder hatte er die Schuld auf sich genommen.

Aber schon bald merkte Olivier, dass es mehr damit auf sich hatte. In den Tagen nach dem Knatsch mit seiner Mutter fühlte er sich, was diese Lüge anging, irgendwie immer besser. Die Wochen ohne Taschengeld machten ihm wenig aus, und wenn er an den Schwan und seine kleine Schwester dachte, stimmte ihn das zufrieden. Es erfüllte ihn mit einem Gefühl, das er so noch nicht empfunden hatte.

Das also ist es, was man Liebe nennt, dachte er. Dass das Glück eines anderen dir wichtiger ist als dein eigenes. So sehr liebe ich Düveke. So sehr, dass ich mir wünschte, ich hätte das hässliche Kitschding auf den Boden fallen lassen. Für meine kleine Schwester würde ich tausend schwarze Schwäne zerbrechen. Hunderttausend. Eine Million, wenn es sein musste.

Er wusste in diesem Moment ganz sicher, dass er sie für immer innig lieben würde.

*

Olivier schaut nochmals auf die Blasen an seinen viel zu großen Füßen. Er denkt an Ilona und daran, wie schön sie heute in dieser schwarzen Jacke war und wie schön sie ist, wenn die schwarze Jacke fällt. Wenn alle Hüllen fallen. Hat er das wirklich gedacht? Es ist eine prickelnde Vorstellung.

In der oberen Schublade seines Schreibtischs liegt eine Zeitschrift mit nackten Frauen, die Olivier einmal von Juri bekommen hat. Er hat schon eine ganze Weile nicht mehr hineingeschaut und vorläufig hat er auch überhaupt kein Bedürfnis danach. Nicht ein nackter Körperteil aus dem Heft kann sich messen mit einem nackten Körperteil von Ilona, selbst wenn Olivier sie noch nicht mal nackt gesehen hat. Noch nicht.

Olivier geht zu seinem Schreibtisch. Weg mit dem Heft. Er zieht die obere Schublade auf, da liegt es. Aber daneben liegt noch etwas, und zwar ein abgerissenes Stück Klassenarbeitspapier. Jemand hat etwas draufgeschrieben. Olivier erkennt die Handschrift sofort.

Lieber Bruder,
entschuldige, dass ich Geld von dir stibitzt habe.
Wärst du da gewesen, hätte ich dich gefragt. Jetzt
komme ich mir vor wie ein Dieb. Aber du bekommst
es zurück!!! Echt!!!
Das schwöre ich.
Düveke
PS: Bitte nicht Papa und Mama erzählen

Geld stibitzt? Ja genau, er hatte fünfzig Euro in die Schublade getan. Das gesamte Taschengeld für zwei Monate. Hat Düveke das Geld wirklich genommen? Und wann? Olivier schaut wieder in die Schublade. Der Fünfziger liegt tatsächlich nicht mehr da. Er liest den abgerissenen Zettel noch einmal und noch einmal. Wofür seine Schwester wohl so viel Geld gebraucht hat?

Sie weiß mehr von der Sache, schießt es Olivier durch den Kopf. Mehr von Rifka und dem Verschwinden, das kann nicht anders sein. Das Ganze ist gar zu merkwürdig. Anton, der so gern mit ihr reden will, Düveke, die immerfort schweigt und Ilona plötzlich einfach so eine »dumme Kuh« genannt hat. Das sieht Düveke nicht ähnlich. Und jetzt die fünfzig Euro. Das sieht Düveke erst recht nicht ähnlich.

Anton denkt, dass Düveke etwas zu erzählen hat. Anton hat gefragt, ob Olivier morgen mitkommen wolle. Es ist wie mit dem kleinen Schwan, denkt Olivier. Ich liebe Düük so sehr. Wenn sich herausstellt, dass sie auch nur das Geringste damit zu tun hat, würde ich gern alle Schuld auf mich nehmen.

Irgendwie würde das ja auch passen. Olivier fühlt sich schuldig. Er denkt wieder an Rifka und den Kuss hinter diesem Auto. Das war verkehrter als verkehrt. Er hätte klüger sein und das Ganze stoppen müssen. Oder gar nicht erst damit anfangen dürfen. Gut, vielleicht war Rifka eher diejenige, die angefangen hat, aber da hatte er doch schon längst gewusst, was passieren würde.

Olivier legt sich der Länge nach auf sein Bett, in den Ohren das überwältigende Schluchzen von heute. Mehr noch: Es kommt ihm vor, als wäre es ganz nahe. Er richtet sich auf. Das klingt wie Düveke! Weint sie?

Olivier schießt aus seinem Zimmer in das seiner kleinen Schwester. Da liegt sie, zusammengerollt in einer Ecke ihres Betts, wie ein zerknülltes Klassenarbeitspapier. Ja, so ist es. Sie weint wie niemals zuvor. Es müsste ein Wort geben für Momente, in denen Begriffe wie »Trauer«, »Leid« und »Schmerz« viel zu klein und unbeholfen klingen.

»Liebe Düki«, sagt Olivier und setzt sich auf ihre Bettkante. »Ich bin bei dir, hörst du?«

Sie weint und weint. Er streichelt seiner Schwester über den Rücken, die Schultern, die Haare. »Es ist okay, Düki. Weine nur.«

Das tut sie, immer weiter und weiter. Olivier spürt, dass all die Tränen heraus müssen. »Ich verstehe das«, sagt er, während er sie weiter streichelt. »Ich verstehe das alles.«

Dann plötzlich hört Düveke auf zu weinen. Sie fährt hoch und schüttelt den Kopf. Olivier sagt noch einmal, dass er es versteht, aber sie schüttelt wieder den Kopf. Und dann flüstert sie: »Nein.«

Sie spricht wieder!

»Nein?«

Düveke schmiegt sich an Olivier. Sie schaut zu ihm und er schaut zu ihr. Sie hat knallrote Weinaugen, aber zugleich wirken sie auch wie Angstaugen. Große, angstvolle Murmeln.

»Ich muss es erzählen, Olli«, sagt sie. »Alles.«

»Wie meinst du das: alles?«

»Aber ich hab solche Angst.«

»Wovor hast du denn Angst, Düük?«

»Ich denke, dass Papa und Mama ganz, ganz böse auf mich sein werden«, flüstert Düveke.

»Warum denn?«, fragt Olivier.

»Wegen dem, was ich getan habe.«

Sie weiß mehr darüber, schießt es Olivier wieder durch den Kopf. »Aber liebe Düki«, sagt er. »So schlimm kann es doch nicht sein, oder?«

»Doch«, antwortet sie immer noch flüsternd. »Schlimmer geht es nicht.«

Olivier sagt nichts. Er fühlt eine unangenehme, unheilverkündende Übelkeit in sich aufsteigen.

Düveke fängt wieder an zu weinen. So als hätte jemand für kurze Zeit den Pausenknopf gedrückt und nun würde die Musik automatisch weitergehen. Olivier nimmt sie fest in den Arm, so fest er nur kann. Sie legt ihre Arme wie eine Antwort um ihn. Es fühlt sich fast krampfhaft an, sie versucht quasi, in ihn zu kriechen.

»Liebes, liebes Schwesterchen«, sagt Olivier. »Ich bin bei dir. Ich lasse dich nie mehr los, hörst du?«

Düveke weint. »Doch, wenn ich es dir erzählt habe«, sagt sie.

»Wenn du mir was erzählt hast?«

Düvekes Griff erschlafft und wieder schaut sie ihn mit diesem angstvollen Blick an.

Olivier ist sich jetzt sicher. »Es hat mit Rifka zu tun, ja?«, sagt er.

Düveke weint und nickt, und trotz der Tatsache, dass es nicht mehr ist als eine Bestätigung seines eigenen Gedankens, fühlt Olivier, wie ein Schock seinen Körper durchzuckt.

»Und auch mit dem Geld?«, fragt er. »Mit den fünfzig Euro, die du dir von mir geliehen hast?«

»Papa und Mama werden so böse auf mich sein«, flüstert Düveke.

»Du spinnst. Wegen des Geldes? Das macht doch keinen Sinn.«

Düveke schüttelt ihren verweinten Kopf. »Es ist mehr als das«, flüstert sie. »Sie werden wirklich ganz, ganz böse auf mich sein. Ganz, ganz fürchterlich böse.«

»Was ist es dann?« Die Übelkeit ist jetzt überall und in Oliviers Kopf erscheinen die bizarrsten Visionen.

Düveke weint und weint und weint.

Wie sehr er sie doch liebt, das ist schon nicht mehr normal. Olivier verbannt die merkwürdigen Bilder aus seinen Gedanken. Es ist alles nicht wahr, denkt er. Düük ist so klein und unschuldig. Wie kann ein so liebes Mädchen denn etwas wirklich falsch machen?

»Und wenn ich es erzähle«, sagt Düveke, »willst du nicht mehr mein Bruder sein.«

»So ein Unsinn.«

»Es ist so.«

Olivier schüttelt den Kopf. »Was immer du mir zu sagen hast, Düki, ich bleibe dein Bruder und du bleibst meine Schwester. Ich werde dich immer lieben.«

»So wie diese blonde Frau«, flüstert sie.

»Wie wer?«

»Dolly Nochwas. So heißt sie. Die hätten wir heute eigentlich in der Kirche hören sollen. Das hatte sie gewollt.«

»Wer wollte das?«

»Rifka.«

Olivier nickt. Er weiß, wie er es machen wird. Wenn Düveke ihm ihre Geschichte erzählt hat, muss er ihr auch seine erzählen. Die Geschichte von ihm und Rifka und diesem merkwürdigen, verkehrten Kuss. Das ist nicht mehr als recht, und wenn er es einigermaßen gut hinbekommt, wird sie ihn ganz bestimmt verstehen.

»Erzähl nur, Düük«, sagt Olivier. »Erzähl mir alles, was du zu sagen hast.«

»Du musst es erst versprechen.«

»Was muss ich versprechen?«

»Dass du mich niemals im Stich lässt.«

»Natürlich lasse ich dich niemals im Stich.«

»Und du musst versprechen, dass du mich immer lieben wirst.«

»Du bist meine Schwester!«

»Ja, aber versprichst du es?«

»Natürlich verspreche ich es. Ich liebe dich.«

»Für immer?«

»Ja, liebe Düük. Für immer.«

Düveke lässt ihn los. »Also gut.« Sie beugt sich vor und langt unter das Bett. Sie zieht etwas hervor. Es ist ein Paar schlammverschmierte Gummistiefel.

»Was machen meine Stiefel denn unter deinem Bett?«, fragt Olivier.

Düveke antwortet nicht. Sie holt noch etwas hervor.

Olivier betrachtet es. Es ist seine Regenjacke, sie ist voll merkwürdiger Flecken. »Was willst du mit meinen Regensachen?«

»Und das hier«, sagt Düveke. Als Letztes hat sie einen Schuhkarton unter dem Bett hervorgezaubert. Sie schiebt ihn neben die Jacke und die Stiefel. H. K. steht auf dem Deckel des Kartons.

»Papa und Mama werden so böse auf mich sein«, flüstert Düveke zum soundsovielten Mal.

Olivier schaut auf die Siebensachen auf dem Boden. Er versteht das Ganze nicht, aber die Übelkeit ist präsenter denn je. Das hier ist nicht gut, denkt Olivier. Es geht hier um irgendwas Großes. Etwas viel Größeres, als wir alle angenommen haben.

»Du hast es versprochen, ja?«, fragt Düveke.

»Düki, was soll das hier alles?«

»Du hast gesagt, du versprichst es!«

Olivier denkt an das Figürchen, den schwarzen Schwan. An die bedingungslose Liebe zu seiner Schwester, die er damals tief im Innern gespürt hat. Es ist kein Gramm weniger geworden. Und das wird es auch nie, das weiß Olivier sicher. Wenn wirklich etwas Schlimmes sein sollte, wird er alles tun, um seine Schwester zu beschützen.

»Dass ich dich immer lieben werde?«, fragt Olivier.

Düveke nickt.

Olivier nickt auch. »Für immer und ewig«, sagt er.

Dann hebt Düveke den Deckel von dem Karton.

Währenddessen

Kuss (1)

Du hockst versteckt hinter einem parkenden Auto, einem blauen. Niemand kann dich sehen, aber du siehst alles und jeden. Für einen Moment bist du ein Spion. Sogar der beste Spion, den es gibt.

Was machst du hier eigentlich? Ganz genau weißt du das nicht. Für morgen ist schon alles geregelt. Die Sachen liegen sicher im Zelt und die Briefe sind abgeschickt. Vielleicht wäre es ja besser, jetzt einfach nach Hause zu gehen. Nicht, dass deine Eltern dich da erwarten würden, aber draußen auf der Straße ist es zu gefährlich. Trotzdem hat eine Stimme in deinem Kopf gesagt, du solltest hier sein. Du traust der Sache nicht. Ihr nicht.

Du fühlst an deinem Hosengürtel. Deine Waffe liegt noch bei den anderen Sachen, das wusstest du eigentlich auch so. Mit einem Messer auf der Straße herumzulaufen ist viel zu verdächtig.

Vorsichtig hebst du den Kopf ein wenig und spähst durch das Autofenster auf die andere Straßenseite. Da steht das Haus, du kannst einfach so hineinsehen.

Düvekes Vater hängt auf der Couch und sieht fern, aber das ist nicht spannend. Deswegen bist du nicht hierhergekommen. Du bewegst den Kopf nach rechts, zur Küche. Bingo. Da ist Düveke. Sie sitzt am Küchentisch vor einem dampfenden Teller, während ihre Mutter hin und her geht. Sie reden miteinander. Düüv wird jetzt doch nicht alles verraten, oder? Ihre Mutter setzt sich ihr gegenüber, es sieht aus, als würden sie sich streiten. Jedenfalls ist es ein ernstes Gespräch.

Was würde ein Spion jetzt machen? Düveke besitzt sensible Informationen und deshalb muss sie schweigen. Wenn sie plaudert, bringt sie die ganze Mission in große Gefahr. Der Spion beschließt einzugreifen.

Den schnabel halten, ja? Über alles! R ☹

Düveke fühlt in ihrer Tasche und betrachtet ihr neues, altes Handy. Sie hält es unter dem Tisch versteckt, damit ihre Mutter es nicht sieht. Dann schaut sie aus dem Fenster. Du duckst dich hinter das blaue Auto, gerade noch rechtzeitig.

»He, Rifka!«

Du erschrickst, weil plötzlich jemand neben dir steht. Es ist Olivier, Düvekes großer Bruder. Jetzt bist du kein Spion mehr.

»Hallo, Olli«, sagst du in einem möglichst normalen Ton.

Du könntest jetzt aufstehen, aber du bleibst sitzen. Düüv und ihre Mutter dürfen dich nicht sehen und Olivier kann von oben perfekt in dein Shirt hineinschauen.

»Spielt ihr Verstecken?«, fragt er.

Du schüttelst den Kopf, denn Verstecken ist was für Babys.

Olivier lächelt dich an. Du schaust aufs Allernetteste zurück. Du bist dir fast sicher, dass du deinen rosa BH anhast. Jetzt schnell nachsehen wäre verrückt, das geht nicht. Und ändern ließe sich daran ja ohnehin nichts. Du hoffst auf den in Rosa. Viel besser als der weiße oder das bunte Top. Rosa ist sexy. Du bist sexy.

»Willst du zu Düük?«, fragt Olivier.

Du schüttelst wieder den Kopf und dann weißt du es. Durch das viele Schütteln hat sich dein Hirn entwirrt. Natürlich bist du nicht wegen Düveke hierhergekommen! Das dösige Kind wird bestimmt den Mund halten, das heißt, darum ging es nicht. Es gibt aber einen Grund, hier zu sein, und dieser Grund heißt Olivier. Ohne ihn wären Düüv und du wahrscheinlich noch nicht mal Freundinnen.

»Ich kam eigentlich deinetwegen«, sagst du.

Olivier guckt erstaunt, aber dir ist etwas eingefallen. Das schaffst du immer - dir was einfallen zu lassen -, aber selten so etwas Gutes wie jetzt.

Plötzlich weißt du es sicher: Zusammen mit Olivier wird dieses Begräbnis demnächst erst so richtig großartig. Dass du daran nicht schon früher gedacht hast!

»Meinetwegen?«, fragt Olivier. Er weiß nicht, dass er auch mitspielen wird. Kann er auch gar nicht, du musst ihm erst noch seine Rolle zuweisen.

Du nickst.

»Was ist denn?«

Jetzt kommt ein schwieriger Teil. Du fährst dir mit einer Hand durch die Locken, hältst den Kopf etwas schräg und bittest Olivier, sich neben dich zu setzen.

»Auf den Gehweg?«

»Nur ganz kurz.« Wieder fährst du dir mit der Hand durch die Haare. »Ich muss dir was erzählen.«

Olivier versteht es noch nicht. Er schaut zu dem Haus, du guckst schnell in dein Shirt. Rosa, ein Glück.

»Na komm«, sagst du.

Gleich sehen sie dich noch da drinnen, das sollen sie nicht. Du klopfst mit der Hand auf den Boden und endlich setzt Olivier sich neben dich. Mit dem Rücken an das blaue Auto gelehnt.

»Näher.«

Olivier rutscht ein ganz kleines Stück in deine Richtung. Du spürst die Wärme von seinem Bein durch deine eigene Hose hindurch. So ist es also, das erste Mal. Versteckt hinter einem Auto. Ziemlich romantisch eigentlich.

»Was ist denn?«, fragt Olivier. »Geht es um Düki?«

Du lachst und schüttelst den Kopf. Jetzt wirst du flüstern, denn das gehört dazu. »Es geht um dich«, flüsterst du.

»Um mich?«

Dieser Olivier. Lieber Olli. Er tut gerade so, als würde er es nicht verstehen, aber sein Bein ist warm und sein Mund ist nah. Genau wie neulich bei den öden Matheaufgaben. Nur dass jetzt keine Topfgucker plötzlich hereinschneien können. Du bewegst deine Lippen auf ihn zu, er dreht seinen Kopf ein bisschen zur Seite. Na siehst du: Olivier will es auch!

Du tust es.

Du küsst ihn.

Erst ganz vorsichtig, dann fester. Schneller. Du leckst, küsst, nimmst seinen Kopf zwischen die Hände. So fest, wie du nur kannst.

Ein Zungenkuss. So geht das also. Du drückst deine Lippen auf seine, du bewegst deine Zunge hin und her. Danach in Kreisen, dann wieder hin und her.

Du spürst auch seine Zunge. Es ist wie ein Kampf. In euren Mündern sind die Waffen, zwei Stahlschwerter, die klirrend aneinandergeraten, dass die Funken sprühen.

Deine Hände haben noch immer Oliviers Kopf umklammert. Warum befühlt er nicht deine Brüste? Dafür sind sie doch da? Stattdessen umfasst er deine Hände, zieht sie weg, bewegt seinen Kopf nach hinten. Der Kampf ist vorbei. Sieger unentschieden.

Wie lang hat der Kuss gedauert? Fünf Sekunden? Eine Minute? Eine Stunde? Eine Ewigkeit.

Alles kribbelt. Vielleicht sollte einer von euch jetzt sagen, dass ihr miteinander geht.

»Olli?«

Er ist aufgestanden.

»Olivier?«

»Ich gehe rein «, sagt er. Seine Stimme kommt dir anders vor, anders als gerade eben noch. So klingt Liebe also.

»Sehe ich dich morgen?«, fragst du.

Natürlich siehst du ihn morgen nicht. Das weißt du, denn morgen wirst du entführt. Das erste Mal, dass du Olivier wiedersehen wirst, ist in der Kirche, bei deiner eigenen Beerdigung. Wenn du später tot bist und die aus den Nähten platzende Kirche vor Tränen überläuft, wird Olli eine wunderbare Rede halten und allen erzählen, wie sehr er dich liebt. Die ganze Welt kann es dann hören. Das ist seine Rolle. Romantischer geht fast nicht mehr.

Und wenn du dann einige Zeit später doch noch am Leben bist, wird er dich weinend in die Arme schließen. Er wird dir sagen, wie entsetzlich traurig er war, und danach werdet ihr euch sehr lange und innig küssen.

Olivier geht weg. Er geht echt ins Haus. Du würdest ihm gern etwas hinterherrufen, aber das ist nicht möglich. Jetzt bist du wieder ein Spion und der Spion muss eine SMS verschicken. Vielleicht die letzte mit diesem Handy. Du schreibst:

Hey düvipüffi schlaf gut morgen in der schule machen wir wieder was schönes. X riffipiffi

Noch keine Minute später liest du:

Heey riffepiff. Schlfschn und bis morgen in der klasse!!! Freundinnen forever, was sonst?? ♥ XXX düvepüff ☺

Du lächelst. Alles läuft perfekt. Wie großartig du doch bist!

Baum

Du sitzt in einem Zelt. Vor zwei Stunden bist du verschwunden - entführt worden sogar -, aber das weiß noch fast niemand, noch nicht mal dein Freund. Nur seine kleine Schwester, sie weiß es. Also fast niemand.

Wie spät es wohl ist? Du schaust auf dein Handy. Na ja ... dein Handy. Das hast du dir nur vorübergehend geliehen, für solange wie nötig. Es ist ein schwarzes Nokia. 09:43 steht auf dem Display. Fast Viertel vor zehn. Alle Dummtussis und Lödeldödel hocken jetzt in der Schule, gleich fängt die kleine Pause an.

Ob du noch kurz nach draußen kannst? Bestimmt, denn hierher verirrt sich fast nie jemand. Und falls doch irgendwer kommt, schlüpfst du einfach wieder in dein Zelt. Na ja ... dein Zelt. Auch das hast du dir nur vorübergehend geliehen, für solange wie nötig. Es ist ein rotes Igluzelt, aber durch die Zweige und das Laub darauf scheint nichts Rotes mehr durch. Es sieht aus wie ein Armeezelt.

Du öffnest den Reißverschluss des Armeezelts und spähst durch den Schlitz nach draußen. Bäume, Laub, ein Stück weiter das Wasser. Den Lila Weiher nennen sie es, niemand weiß warum. Ein dummer Name.

Du steckst den Kopf aus dem Armeezelt. Jetzt kann der Feind jeden Moment das Feuer auf dich eröffnen. So heißt das, wenn auf einen geschossen wird. Schnell ziehst du den Kopf wieder zurück. Daran hattest du im Moment nicht gedacht. Einfach so nach draußen zu gehen ist ziemlich riskant. Eigentlich solltest du auch immer etwas Scharfes bei dir haben, für den Fall des Falles.

Du schaust dich um im Zelt. Wo liegt das Ding? Du wühlst zwischen den Chipstüten und den Packungen mit Fruchtschnitten.

Ah, da. Unter der Matte. Du nimmst das Messer und hältst es vor dich. Silbern ist es, mit kleinen runden Dellen im Griff. Du fuchtelst einige Male mit dem Messer durch die Luft. Doch ein Glück, dass die Matte keine Luftmatratze ist. Bestimmt hättest du sonst noch aus Versehen hineingestochen.

He, warte mal. Das sieht verführerisch aus. Du könntest es ausprobieren und sehen, wie scharf das Messer wirklich ist. Du piekst in die Matte. Erst vorsichtig, dann fester. Das Messer geht mitten hindurch. Du piekst noch mal. Es ist eigentlich eher Stechen, was du da tust. Dreimal, viermal. Tschack, tschack, tschak, tschack! Das geht gut. Die Matte ist jetzt voller Löcher, aber das macht nichts. Du kannst durchaus noch drauf schlafen. Tschack, tschack. Raaatsch!

Mist, das klang nicht wie Schaum. Eher wie Tuch. Du hebst die Matte hoch. Ja genau, ein ordentlicher Riss. Sehr schön ist das. Na ja, sich echt deswegen aufzuregen lohnt auch wieder nicht. Am besten, du sagst einfach nichts, dann merken Düüvs Eltern es später von selbst. In ein paar Monaten, wenn sie zum Zelten nach Frankreich wollen oder so. Ohnehin so was Ödes.

»Nanu?«, sagt Düvekes Mutter dann. »In dem Zelt ist ein Riss. Wie kann das sein?« Und dann bekommt Düüv eine rote Birne und das war's. Nicht echt aufregend.

Du steckst dir das Messer mit den Dellen hinter den Hosengürtel, denn so gehört sich das. Du spähst wieder durch die Zeltöffnung. Immer noch nichts Besonderes zu sehen. Du trittst hinaus. Jetzt nicht den Reißverschluss hinter dir zumachen, das wäre dumm. Ein Reißverschluss macht Geräusche, und wenn auf einmal doch irgendjemand kommt, musst du unbedingt schnell und geräuschlos wieder im Zelt verschwinden können.

Du gehst ein paar Schritte, noch ein paar. Es ist wie Verstecken. Mit dem Zelt als Freimal, von dem du dich immer weiter entfernst, obwohl du weißt, dass jederzeit jemand irgendwo hervorschießen und sich freischlagen kann. Wenn du nicht aufpasst, ist das Mal für alle Mitspieler frei.

Du machst noch einige Schritte und legst die Hand auf das Messer. Du befühlst den Griff. Mit dem Zeigefingernagel gehst du von Delle zu Delle. Du streichelst das Messer beinahe, so wie Cowboys im Wilden Westen das mit ihren Colts taten, kurz bevor sie jemanden über den Haufen schossen. Seine Waffe muss man fühlen, das ist nun mal so.

Du schließt deine Faust um den Griff, Daumen nach oben. Jetzt kannst du das Messer in einer einzigen Bewegung hervorziehen. Nur noch eine Bewegung hinterher und der Feind ist ausgeschaltet. Es wird so schnell gehen, dass er es nicht mal mitbekommt. Du ziehst das Messer aus deinem Gürtel und stichst drei, vier Mal ins Nichts. Volltreffer natürlich. Sieh ihn nur daliegen, deinen Feind, blutend vor dir auf dem Boden! Jetzt erst erkennt er, wer es ist, der sich da über ihn beugt. Wer ihn gerade so drangekriegt hat. Es ist Rifka die Schreckliche.

Du fühlst in deiner Tasche, das Nokia kommt zum Vorschein. 09:51. Mann, zieht sich das hin. Wer vermisst werden will, muss Geduld haben. Vielleicht ist es besser, du gehst zurück ins Zelt. Draußen ist es nicht sicher, obwohl hier nie jemand herkommt. Und im Armeezelt ist Cola, darauf hast du jetzt Lust. Dazu eine Tüte Paprikachips oder Cheese-Onion. Ziemlich gute Idee.

He, warte mal. Der Baum da! Wirklich ein perfekter Kletterbaum. Du steckst das Nokia wieder in die Tasche, die Chips und die Cola müssen warten. Vorsichtig befühlst du den Stamm des Baums. Linke Hand, rechte Hand. Ist ja wie eine Umarmung.

Jetzt schaust du hoch. Was ist ein guter Pfad? Erst der untere Ast dort, dann mit dem linken Fuß in die kleine Einbuchtung und danach weiter über die dickeren Äste. Der Wipfel des Baums ist hoch, aber doch eigentlich ganz einfach zu erreichen. Bisschen klettern und du bist da. Ein Klacks.

Du stellst dich auf den untersten Ast, der bricht sofort ab. Unpraktisch. Wie sollst du jetzt an die dickeren Äste darüber kommen?

Warte, vielleicht fällt dir was ein. Darin bist du gut. Du ziehst das Messer aus dem Gürtel und stichst es in den Baumstamm. Das Messer bleibt stecken. Du rüttelst daran und es löst sich sofort wieder. Das heißt, es muss tiefer rein. Du stichst noch einmal, so fest du kannst jetzt. Du rüttelst wieder. Das Messer steckt ein ordentliches Stück im Stamm. Ob es dich trägt? Mal ausprobieren. Du stellst deinen rechten Fuß drauf. Das Messer ist jetzt etwa so wie ein Ast, aber als du dich mit dem vollen Gewicht draufstellst, fällt es wieder ab. Du betrachtest den Baum. Doofer Stamm. Er hat jetzt einen tiefen Schnitt, geschieht ihm recht.

He, warte mal. Das Messer kannst du doch auch noch für was anderes gebrauchen. Du hebst es vom Boden auf und ritzt damit in den Baum. Das letzte Mal hast du so was in der Schule getan. Hinter dem Schuppen auf dem Schulhof haben Düveke und du mit euren Fahrradschlüsseln R. D. F. in die Wand gekratzt. Es ist die Abkürzung für RIFKA DIE FANTASTISCHE, aber das weiß Düüv nicht. Sie denkt, es bedeutet ganz was anderes. Ziemlich zum Lachen ist das.

Du schneidest und ritzt in den Baumstamm, bis da steht, was da stehen soll.

Olli ♥ Rifka

Du steckst das Messer wieder hinter deinen Gürtel und schaust zufrieden auf dein Werk. Das Herz ist vielleicht ein bisschen eckig geworden, aber das macht nichts. Die Namen sind deutlich zu lesen und darum geht es schließlich.

Am liebsten würdest du jetzt pfeifen, so dermaßen gut sieht es aus. Weißt du, was ein schönes Lied ist? Isn't she lovely. Das ist von Stevie Wonder. Superfröhlich, echt was für jetzt. Auch wenn es eigentlich von einem Baby handelt. Du willst loslegen, deine Lippen befinden sich schon in Pfeifstellung. Als ob sie gleich jemanden küssen. Wie fängt das Lied noch mal an? Ach ja, natürlich. Du weißt es, du hast es dir neulich noch angehört.

Aber du pfeifst nicht, du bist still. Denn du hörst eine Stimme und noch eine, nicht weit weg. Du schaust dich um. Kannst du noch zurück ins Zelt flüchten? Nein - Shit hoch drei. Zu spät, die Stimmen sind schon viel zu nah. Wie eine Katze springst du hoch, hinein in den Baum. Wie du das gemacht hast, ist ein Rätsel, aber in ein paar Sekunden hockst du oben im Wipfel.

Du versuchst jetzt, dich nicht mehr zu bewegen. Du hältst den Atem an und schaust durch die Äste und das Laub nach unten.

Kuss (2)

»Ich komme eigentlich nie hierher«, sagt eine Mädchenstimme.

»Niemand tut das«, antwortet eine Jungenstimme.

Du erschrickst, denn das hört sich bekannt an. Diese Stimme kommt aus einem dir bekannten Mund. Einem mit einer bekannten Zunge und bekannten kleinen Härchen auf einer bekannten, leicht gewölbten Oberlippe. Genauer gesagt aus dem Mund, von dem du vor weniger als fünfzehn Stunden deinen ersten Kuss bekommen hast.

»Ziemlich schön hier«, sagt die Mädchenstimme.

Du spähst hinab. Zwei Köpfe an der einen Seite des Baums, auf der anderen ein eckiges Herz mit zwei Namen. Wenn die Köpfe nicht um den Baum herumgucken, werden sie dein kleines Kunstwerk nie entdecken. Aber fack, wer ist dieses Mädchen?

»Ja, nicht?«, antwortet dein Freund.

Du spähst und spähst. Es ist schwierig zu sehen. Olivier und das unbekannte Mädchen sagen eine Weile nichts. Was machen sie im Wald, so nah am Lila Weiher? Hierher kommt fast nie jemand, bloß ausgerechnet jetzt, wo du dich hier versteckt hast. Du verstehst es nicht.

»Was wolltest du mir sagen?«, fragt das Mädchen.

»Äh.«

Olivier und das Mädchen sind wieder eine Zeit lang still. Etwas länger sogar als vorhin. Sie sagen zwar nichts, die zwei, aber Geräusche machen sie schon. Essen sie da irgendwas? Es klingt ein bisschen wie Schmatzen. Was ist das? Du kneifst die Augen zu Schlitzen zusammen und dann siehst du es.

Dein Freund ... küsst ein anderes Mädchen.

Wärst du jetzt nur eine gute Messerwerferin! Hatscha, whamm, tschack! Du würdest das Messer mitten durch diesen knutschenden Kopf hindurch geworfen haben. Wer ist diese Bitch? Fack, mit deinem Freund!

Du hast Lust zu schreien, zu kreischen. Dich wie eine Zecke aus dem Baum fallen zu lassen, auf diese Tussi drauf. Erst saugst du dich an ihr fest, danach trinkst du ihr Blut.

Unter dem Baum haben sie ausgeknutscht, scheint es. Er streichelt ihr jetzt über den Rücken, über ihr Bein. Über ihre Brüste sogar? Wie das denn jetzt? Arschloch! Bei ihr schon? Das macht doch keinen Sinn.

»Ich glaube, ich bin ein bisschen verliebt in dich«, sagt das Mädchen leise.

»Ich auch ein bisschen in dich«, antwortet Olivier genauso leise.

ICH AUCH EIN BISSCHEN IN DICH?

Was geht da unten ab? Dein Freund knutscht mit irgendeiner blöden Tussi und mir nichts, dir nichts sind sie ein bisschen ineinander verliebt? Fack, was für ein Unsinn!

Sie lachen, die zwei. Oder besser: Sie kichern. Igittigitt. Du spürst es im Bauch und in deinen Muskeln, besonders in den Muskeln. An deinem ganzen Körper wird es starr und hart. Es tut beinahe weh.

»Ich stehe eigentlich schon ziemlich sehr lange auf dich«, sagt das Mädchen.

Wieder lachen sie beide und Olivier sagt: »Ich eigentlich auch auf dich, liebe Ilona.«

Wott ... se ... fack ... ILONA?!

Liebe, facking Ilona? Du spürst es wieder im Bauch und es schießt dir hoch in den Hals. Du musst würgen, dich beinahe übergeben. Du hältst dir die Hand vor den Mund. Aha, die beiden Schweinigel sind also schon ziemlich sehr lange ineinander verliebt? Und was ist mit dir? Es ist nicht zu glauben. Es ist falsch und ungerecht. Olivier und Ilona Pielkenrood? Das kann einfach nicht sein!

»Ich hab wirklich geglaubt, du hältst mich für eine dumme Kuh«, sagt Ilona.

»So ein Megaquatsch«, sagt Olivier. »Ich habe das nie gesagt. Und ich verspreche dir, ich werde sie fragen, was es damit auf sich hat, okay?«

In deinem Mund sammelst du einen dicken Klumpen Spucke. Er wird größer und größer. Wenn du jetzt direkt nach unten rotzt, landet der schweinische Klumpen genau auf dem schweinischen Kopf von dieser schweinischen Tussi.

Der Spuckeklumpen ist jetzt so groß, dass du ein kleines Glas damit füllen könntest. Es ist deine Munition. So nennt man beim Militär die Kugeln, mit denen man seinen Feinden durch den Kopf schießen kann. Du öffnest den Mund, denn die Kugel will raus.

Du denkst an vor einiger Zeit, auf dem Schulhof im Krähennest. Du da oben mit mindestens dreißig Murmeln in deiner Jacken- und Hosentasche. Kugeln waren das, Munition. Und die Dummtussis und Lödeldödel unter dir warteten geduldig. Sie wussten, dass du auf sie schießen würdest, sie wollten es sogar. Und das nur für ein paar dumme Murmeln. Wären sie nicht so hirnamputiert, hättest du vielleicht Mitleid mit ihnen gehabt. Ein Haufen Trottel. Dummes Gesocks. Weißt du, was damals übrigens voll zum Lachen war? Luuk, der Lödeldödel, von dem die Murmeln waren, machte bei dem Schießspiel einfach mit! Erst nach der letzten Murmel kam er dahinter, dass die Dinger aus seiner eigenen Sammlung stammten. Danach ist er weinend zum Lehrer gelaufen.

Du schaust hinab auf dein Ziel. Der Klumpen tropft dir ganz langsam aus dem Mund. Wenn du jetzt weitermachst, landest du in zwei Sekunden einen Treffer.

Ein Telefon geht. Das ist doch nicht dein Nokia? Vor Schreck schluckst du die Kugel herunter.

»Hallo, Ma. Was ist?« Es war Oliviers Handy. Er redet mit seiner Mutter. »Ruhig«, sagt Olivier durchs Telefon. »Ich bin noch in der Schule, Ma.«

Er lügt, aber das kann seine Mutter natürlich nicht wissen. Olivier schweigt, sie redet auf ihn ein. Er antwortet ab und zu mit Ja oder Nein und er sagt, er werde aufpassen. »Ja, Ma. Gut, Ma. Okay, Ma. Ich komme, so schnell es geht.« Dann ist das Gespräch zu Ende.

»War das deine Mutter?«, fragt die dumme Tussi.

Olivier antwortet nicht.

»Was ist denn?«

»Tja.«

»Was?«

»Kennst du zufällig Rifka?«

Du hältst den Atem an.

»Ja, natürlich kenne ich die«, sagt Ilona. »Jeder kennt Rifka. Ist irgendwas mit ihr?«

»Tja«, sagt Olivier noch einmal. »Vielleicht gar nichts, weißt du. Aber, äh. Meine Mutter meinte, sie wäre weg.«

»Weg?«

»Verschwunden.«

»Wie, verschwunden?«

»Sie ist heute nicht zur Schule gekommen. Niemand weiß, wo sie steckt.«

»Und deine Mutter macht sich Sorgen?«

»Alle machen sich Sorgen.«

»Ach.«

»Ihre Eltern sind schon bei der Polizei gewesen, sagt meine Mutter. Und sie haben ihr Fahrrad irgendwo gefunden.«

»Echt?«

Die zwei Knutscher, die schon ziemlich sehr lange ein bisschen ineinander verliebt sind, sagen nichts mehr. Das liegt daran, dass sie wieder zugange sind. Obwohl sie gerade gehört haben, dass du vermisst wirst. Das ist doch nicht der Moment, mal eben schön miteinander herumzuknutschen? Du hast Lust, ihnen irgendwas zuzuschreien. Ihr sollt eure dreckigen Pfoten voneinander lassen! Oder: Ich habe zufällig gestern noch mit ihm geknutscht!

Aber das tust du natürlich nicht. Du hältst dich so still wie ein Mädchen, das gerade verschwunden ist, ein Mädchen, dessen Eltern schon bei der Polizei gewesen sind. Ein Mädchen mit einem großartigen Plan, der demnächst allerdings ein klein wenig an die Umstände angepasst werden muss.

»Wollen wir gehen?«, fragt Olivier, als sie endlich zu Ende geknutscht haben. »Ich habe meiner Mutter versprochen, nach Hause zu kommen.«

»Gut«, sagt Ilona.

Die Turteltäubchen gehen weg, Hand in facking Hand.

Die schlechte Nachricht ist, dass dein Freund mit Ilona Pielkenrood fremdgeht. Die gute Nachricht ist, dass er und sie dich und das kleine Herz mit den Namen nicht gesehen haben.

Und es gibt sogar noch bessere Nachrichten. Du giltst ab jetzt nämlich offiziell als vermisst. Höchste Zeit zu handeln also. Du musst so schnell wie möglich weg hier.

Weg

Du schaust auf das schwarze Nokia. 01:39. Es ist mitten in der Nacht und schon völlig dunkel. Du wurdest immer noch nicht gefunden. Das heißt, bisher läuft es.

Den ganzen Tag lang hast du Leute gehört. Und ein Mal hast du sie auch gesehen. Sie riefen deinen Namen, liefen ziemlich nah am Fenster vorbei. Es war spannend und eigentlich auch ziemlich zum Lachen. Alle Leute suchten nach dir - einen kurzen Moment lang waren sie deinem neuen Unterschlupf sogar sehr nahe -, aber was sie nicht fertigbrachten, war, auch nur etwas weiter zu denken, als ihre dummen Nasen lang waren. Du spähtest nach draußen. Da gingen sie, Hand in Hand in Ketten über die Straße, und alle suchten sie nach dir.

Du willst das Nokia wieder in deine Hosentasche stecken, doch es summt. Eine SMS. Das muss Düüv sein, wer sonst.

WO STECKST DU?!?!!!?

Du lächelst. Du drückst auf Antworten und tippst:

Rate mal! R

Klick. Gesendet. Keine Minute später ist die Antwort da:

Das zelt ist weg!!!!! Warst du das?!!?!!

Du lächelst wieder. Das kann noch lustig werden. Du tippst:

Weg? Hast du auch richtig hingeschaut? Ist ein armeezelt. In tarnfarben. Ist kalt hier. Tschau. R

Haha, das hier ist zum Lachen. Die dumme Düüv sucht jetzt natürlich wie bekloppt nach mir, im Dunkeln. Bestimmt hat sie eine Mordsangst da. Gleich kommt noch eine SMS. Dass sie Angst hat, was sonst, und dass sie das nicht mehr lustig findet. Haha. Es ist wohl lustig. So was von lustig.

Du wartest auf die nächste SMS, aber die kommt nicht. Das Telefon klingelt, es klingt irre laut. So ein dummer, altmodischer Nokia-Klingelton.

Du erschrickst zu Tode und haust, so schnell es geht, auf eine Taste. Hast du Düüv jetzt weggedrückt? Nein, im Gegenteil. Du bist rangegangen.

»Hallo?«

»Ich bin's«, flüstert eine Stimme durchs Telefon. Düveke. Keine Ahnung, warum sie flüstert. Vollkommen überflüssig.

»Warum flüsterst du?«, fragst du.

»Ich bin beim Weiher«, flüstert Düveke.

»Allein?«

»Jetzt schon.«

»Wie meinst du das: jetzt schon?«

»Alle suchen nach dir. Schon den ganzen Tag.«

»Ja, das habe ich gemerkt«, sagst du. »Auch beim Weiher?«

»Überall.«

»Und nun?«

Düveke sagt, dass alle Leute nach Hause gegangen sind, als es dunkel wurde.

»Warum flüsterst du dann?«

»Einfach so«, flüstert Düveke. Sie hüstelt. Bestimmt spricht sie ab jetzt wieder laut. »Wo bist du?« Tatsächlich, kein Geflüster mehr.

Du kicherst. »Dreimal darfst du raten.«

»Zu Hause«, rät Düveke.

»Falsch. Noch mal.«

»Ich weiß es nicht.« Düveke seufzt. »Wo bist du denn?«

»Du hast noch zwei Chancen«, sagst du. »Na los, Düüv. Nicht so schnell aufgeben, du.«

Wieder ein Seufzer. »Ich weiß es doch nicht.«

»Nein«, sagst du. »Darum musst du auch raten.«

»Warum bist du weggegangen?«, fragt Düveke.

»Es wurde da zu unsicher.«

»Aber warum hast du mir das nicht gesagt?« Düüv klingt plötzlich ein bisschen böse. Keine Ahnung, woher sie den Mut nimmt. »Ich habe überall gesucht«, sagt sie. »Nur mit meinem Fahrradlicht. Es ist hier total dunkel.«

»Unheimlich, was?«, sagst du.

Düveke antwortet nicht. »Wo ist das Zelt?«, fragt sie. »Und die ganzen Sachen?«

»Hier. Bei mir.«

»Aber wo bist du denn?«

»Ra-ten!«

»In der Schule?«

»Wieder falsch. Letzte Chance. Ich werde dir helfen. Es beginnt mit V.«

»Mit V?«

»Und es ist groß hier«, fährst du fort. »Und aus Holz. Und leer. Weißt du es?«

Es ist still am anderen Ende. Bestimmt denkt Düveke jetzt nach. Groß und aus Holz und leer und mit einem V, so schwer kann das doch nicht sein.

»Ich weiß es nicht«, tönt es.

»Du weißt nichts«, sagst du.

Es ist auch echt so. Düüv ist einfach nicht gut in Spielen, nie gewesen. Wenn ihr zu zweit Quartett spielt, verliert sie immer. Und damals im Ferienlager hätten die Mädchen beinahe Lehrer Pauls Großes Wissensquiz gegen die Jungs verloren, weil Düüv die falsche Antwort geben wollte. Du konntest es gerade noch verhindern.

»Vau, ieh, ell, ell, ah«, buchstabierst du durchs Telefon. »Sagt dir das was?«

»Hä?«

»Villa!«

Wieder ist es still am anderen Ende, aber jetzt wird Düüv es wohl schnallen. Sonst ist sie wirklich dumm.

»Bist du in …?«

Du lächelst stolz, aber das kann niemand sehen.

»Du bist verrückt«, flüstert Düveke.

»Ist nicht nötig, so zu flüstern«, sagst du. »Und jetzt komm schnell hierher. Ich brauche dich.«

»Wie soll ich dahin kommen?«

»Einfach mit dem Rad. Und dann hinten herum. Und pass auf, dass du nicht gesehen wirst, ja? Ich stehe am Zauntor, okay?«

»Ja«, sagt Düveke. »Okay.«

»Schön. Also bis dann.« Du drückst das Gespräch weg und stellst das Telefon auf Vibrieren. Dumm, das hättest du schon viel früher tun müssen. Du steckst das Nokia in deine Hosentasche.

Jetzt heißt es warten. Und gleich, in zehn Minuten, gehst du zum Garten hinter dem Haus, zum Zauntor. Da pinkelst du kurz und danach heißt es wieder warten. Darin bist zu ziemlich gut geworden, im Warten. Gar nicht gewusst, dass du das so gut kannst.

Du schaust zum soundsovielten Mal auf das schwarze Nokia. 02:07. Diese Düüv ist echt unglaublich lahm. Echt abnormal, immer schon gewesen. Sie ist genauso unzuverlässig wie ihr Bruder.

Ob Olivier es später bei der Beerdigung noch wagen wird, etwas zu sagen? Vielleicht willst du das gar nicht mal mehr. Was hast du von einem Freund, der schon nach einem Tag mit einer anderen rumknutscht? Und was für einer anderen! Wenn du nachher wieder zurück bist, wirst du dich rächen. Du weißt noch nicht, wie, aber es ist noch genug Zeit, dir etwas einfallen zu lassen. Darin bist du schließlich gut.

Es ist schon fast Viertel nach zwei. Wo bleibt die dumme Kleine? Ah, jetzt hörst du was. Ein Fahrrad, Bremsen. Du spähst durch den Bretterzaun. Richtig, es ist Düveke. Endlich.

»Hierher«, flüsterst du und öffnest das Zauntor einen Spaltbreit. »Hat dich keiner gesehen?«

Düveke schüttelt den Kopf.

»Dann das Rad mitnehmen«, flüsterst du weiter. Es klingt wie ein Befehl und das ist es auch. Dieses Haus ist jetzt dein Terrain. Du bist hier der Chef, das heißt, du erteilst die Befehle. Genau wie ein Kommandant bei der Armee.

Du öffnest das Tor etwas weiter und Düveke huscht herein, mitsamt Fahrrad. Jetzt kann der Feind sie unmöglich noch sehen, selbst nicht mit einem Nachtglas. Außer von einem hohen Wachtturm herab, aber hohe Wachttürme gibt es hier nicht. Niedrige übrigens auch nicht.

»Willkommen«, flüsterst du.

»Warum flüsterst du?«, fragt Düveke.

»Pst!« Du legst einen Kommandantenzeigefinger an deine Kommandantenlippen. Mit deiner freien Kommandantenhand gestikulierst du, dass Düveke mitkommen soll. Düveke schaut auf ihr Rad.

»Lass einfach hier stehen«, flüsterst du. »Komm, wir gehen rein. Da können wir reden.«

Fleck

Ihr sitzt auf dem Boden eines Zimmers in einer leeren Villa am Dorfrand. Es ist dunkel und kalt.

Du hast eine Zigarette angezündet. Das Päckchen, aus dem sie stammt, hast du vor ein paar Tagen aus der Jackentasche eures Lehrers gefischt.

»Wie bist du hier hereingekommen?«, fragt Düveke.

»Wie ein Dieb in der Nacht.«

»Wie ein was?«

Du seufzt. »Durch die Hintertür«, sagst du. »Die ging ganz leicht auf. Kurz dran gerüttelt und drin war ich. Ein Klacks.«

»Ach«, sagt Düveke und schweigt einen Moment. Dann sagt sie: »Ich wusste nicht, dass du richtig rauchst.«

»Du weißt noch mehr nicht«, sagst du. »Willst du auch?«

Du ziehst an der Zigarette. Zufällig weißt du sehr gut, wie das geht. Du hast es schon oft getan. Na ja ... Nicht wirklich oft, aber doch öfters.

Du bläst Rauchwölkchen aus. Düveke bläst auch Wölkchen aus. Atemwölkchen.

»Vom Rauchen wird einem warm«, sagst du. »Echt.«

»Kann die Heizung nicht an?«, fragt Düveke.

Du schüttelst den Kopf. »Die geht nicht. Alles ist abgestellt.«

Ihr sitzt unten. Es ist ein großes Zimmer an der Rückseite des Hauses. Vor euch auf dem Boden liegen ein Beutel Paprikachips, eine Flasche Cola, ein Päckchen Zigaretten und eine Taschenlampe (an).

»Hier«, sagst du. Du pulst eine Zigarette aus der Packung und wirfst sie Düveke zu. »Einfach tun.«

Düüv kann überhaupt nicht rauchen, das weißt du längst. Ihr habt es einmal zusammen gemacht, auf dem Schulhof hinter dem Fahrradschuppen. Das Einzige, was Düüv da konnte, war husten. Das war völlig daneben. Aber jetzt muss graucht werden, das gehört sich einfach so. Wenn man sich nachts zu zweit in einem leeren Haus versteckt hält, ist Rauchen Pflicht.

Ah, sieh mal an. Düveke nimmt die Zigarette schon und steckt sie sich zwischen die Lippen. Du brauchst es gar nicht zweimal zu sagen. Schnell holst du ein Feuerzeug aus deiner Tasche und hältst die Flamme an Düvekes Zigarette. Sie will nicht brennen.

»Ziehen!«, befiehlst du.

Düveke zieht und hustet. Jetzt brennt die Zigarette. Sehr schön.

»Du musst erzählen, was heute alles passiert ist«, sagst du.

»Du erst.«

»Ich habe nichts zu erzählen.«

»Doch«, sagt Düveke. Sie hält die Zigarette ungeschickt zwischen den Fingern. Es ist schon zu viel Asche dran, die fällt natürlich gleich runter. »Ich weiß noch nicht, wie du hierher gekommen bist.«

»Okay«, sagst du. »Das erkläre ich dir, aber ganz kurz. Ich war am Lila Weiher. Doch dann dachte ich: Hier ist es nicht sicher. Und das stimmte auch, denn nach einer Weile kamen Leute.«

»Wer denn?«

»Leute eben.«

»Und die haben dich nicht gesehen?«

Du schüttelst den Kopf. »Ich saß auf einem Baum.«

»Und das Zelt mit den ganzen Sachen?«

Du nimmst die Taschenlampe und leuchtest in eine Ecke des Zimmers. Da liegt ein Haufen. Es ist die Außenhaut deines Armeezelts und da hineingestopft das Innenzelt, die Heringe, die Stangen und alle anderen Sachen.

»Ist das das rote Runde?«, fragt Düveke.

»Was sonst?«

Düveke zuckt mit den Schultern. Du ziehst an deiner Zigarette. Und es ist, als würde dich die Zigarette auf neue Gedanken bringen. Es sieht sehr gut aus, wie in Filmen. Du bläst den Rauch aus, wodurch dein Gesicht im Nebel hängt.

»War noch ein ziemliches Theater«, sagst du. »Sachen aus dem Zelt holen, die ganzen Äste und das Laub abfegen, Zelt abbauen, Heringslöcher zumachen, die Sachen in die Zeltplane werfen. Ich habe zuletzt eine Art Sack daraus gemacht.«

»Aus dem Zelt?«

Du nickst, aber es ist so dunkel, dass es fast nicht zu sehen ist. »Den Sack habe ich hierher geschleppt.«

»Du meinst das Zelt.«

Du seufzt. Düveke nervt. Du ärgerst dich maßlos, aber das ist vielleicht auch wegen Olivier. Du hast Lust, ihm eins vor den Kopf zu knallen, beziehungsweise stellvertretend seiner lahmen Schwester. Wäre noch eine Idee.

»Und am Lila Weiher ist echt überhaupt nichts mehr davon zu sehen?«, fragt Düveke.

»Nicht die Spur.«

»Und unterwegs hierher hat dich auch niemand gesehen?«

Du seufzt wieder. »Ich bin doch nicht verrückt?«

»Nein.«

»Na also.«

Düveke guckt wieder in die Zimmerecke. »Leuchte noch mal«, sagt sie.

»Du meinst: liebe Rifka.«

»Hä?«

Dir kribbeln die Finger, der Knall vor den Kopf liegt schon in deiner Hand bereit. Du sagst: »Würdest du bitte noch mal leuchten, liebe Rifka.«

»Ja«, sagt Düveke. »Das meine ich. Liebe Rifka.«

»Sehr gut.« Du leuchtest einmal mehr auf die Zeltplane, Düveke geht hin.

»Es ist völlig kaputt«, sagt sie.

»Kommt von der Schleiferei.«

»Ja, aber dann kann ich es hinterher doch nicht mehr zurücklegen!«

Diese Düüv. So ein kleines Zelt, was macht das schon? Es hatte ohnehin einen Riss und das mit dem Schleifen war nicht zu ändern. Durch den Wald hast du das Zelt ja noch getragen, denn auf dem Boden hätte es natürlich tausend Spuren hinterlassen. Auf der Straße dann wurde es dir mit all den Sachen darin echt zu schwer. Ab da hast du das Zelt dann eben hinter dir hergezogen.

»Wie soll das gehen?«, fragt Düveke.

»Jetzt nerv nicht, ja?« Du ziehst noch einmal an deiner Zigarette. »Ich lasse mir später was einfallen.«

Und dieser Knall - denkst du hinterher -, der kommt auch später.

Ihr sagt eine Weile nichts. Das Einzige, was ihr jetzt tut, ist dasitzen und rauchen.

Dann drückst du deine Zigarette auf dem Holzboden aus. Es ist Parkett oder so was. Ein teurer Fußboden, das sicher. Aber wen interessiert das schon? Der Boden gehört dir doch nicht? Eigentlich gehört er keinem. Doofer Fußboden.

»Du musst mir morgen was Anständiges zu essen bringen«, sagst du. »Und Batterien.«

»Batterien?«

Du nickst. »Die Scheißlampe ist gleich leer.«

»Weil du sie die ganze Zeit anlässt«, sagt Düveke.

»Ja, stell dir vor! Weil es hier stockdunkel ist.«

»Kannst du denn nicht einfach das Licht anmachen?«

Manchmal ist Düüv echt so lahm wie eine Schnecke. Jetzt auch wieder. Es ist zum Verrücktwerden. Sie verdient diesen Knall genauso sehr wie ihr Bruder.

»Ich sagte doch, dass alles abgestellt ist.«

»Ach ja.«

»Hast du Scheiße in den Ohren oder was?«

Düveke schüttelt den Kopf.

»Und selbst wenn nicht, auch dann würde ich es sein lassen«, sagst du. »Das große Licht können alle von draußen sehen.«

»Aber draußen ist doch niemand?«

»Das weiß man nie.«

»Nein«, sagt Düveke. »Das stimmt.«

Es ist eine ziemlich gruselige Vorstellung, Leute draußen um das Haus. Aber du hast keine Angst. Warum solltest du? Düüv vielleicht, aber du doch nicht.

Du hältst dir die Taschenlampe unters Kinn und leuchtest damit nach oben. »Huhu!«, rufst du. »Ich bin ein Gespenst!«

Eigentlich ist es ein bisschen kindisch, aber du hattest einfach gerade Lust, das zu tun. Und Düüv findet es bestimmt unheimlich, so ein weißes Gesicht mit so einem durchsichtigen Schimmer. Du siehst aus wie ein echtes Gespenst.

He, warte mal. Das ist eine Idee zum Lachen.

»Düüv!«

»Was?«

»Ich glaube, ich habe etwas gehört.«

»Was meinst du?«

»Geräusche.« Du leuchtest mit der Taschenlampe auf Düvekes Kopf. »Es war so eine Art Gejammer«, sagst du. »Hast du das auch gehört?«

Haha, sieh dir jetzt mal die Kleine an! So ein verängstigtes Gesicht!

»Wo denn?«, fragt Düveke. »Wo hast du es gehört?«

Du schweigst einen Moment, das gehört dazu. Dann flüsterst du: »Hinter dir!«

»Was?«

»Ich denke, es war ein Geist.«

»Warum flüsterst du denn auf einmal?«

»Um den Geist nicht aufzuwecken.«

»Rif. Hör auf. Bitte.«

»Ich glaube, ich weiß auch, wer es ist, Düüv.«

»Hör endlich auf!«

Haha, aufhören! Gerade jetzt, wo es langsam zum Lachen wird? Von wegen! Du drehst ganz vorsichtig den oberen Teil der Taschenlampe los, ohne dass Düveke es merkt. Das Licht ist plötzlich einfach verschwunden.

»Warum machst du die Lampe aus?«, fragt Düveke.

»Ich hab nichts gemacht«, flüsterst du. »Sie ist einfach ausgegangen.«

»Rif, bitte lass das. Ich schreie gleich!«

Es ist stockdunkel. Das Einzige, was du jetzt noch sehen kannst, ist die glühende Spitze einer Zigarette. Düveke ist sogar eine lahme Raucherin.

»Ich spüre was!«, flüsterst du. »Düüv, bist du das?«

»Rifka ... Schluss jetzt. Please!«

Aber du machst nicht Schluss, sondern fängst an zu schreien. Und Düveke schreit sofort mit. Laut und hoch.

Du springst auf. »ICH BIN DER GEIST VON MORI!«, rufst du mit einer möglichst tiefen Stimme. »UND ICH KOMME EUCH HOLEN!«

Düveke schreit weiter. Du drehst die Lampe wieder an. Du musst irre laut lachen, es ist auch superlustig. Du machst dir fast in die Hose, so witzig ist es. Diese Düüv. Was für ein feiges, lahmes Hosenscheißerchen. Sieh an, jetzt heult sie sogar noch. Und das bloß wegen so 'nem kleinen Scherz.

»Au!«, jammert Düveke. »Au! Es tut weh!«

Was denn, weh? Du leuchtest auf ihre Tränen.

»Mein Bein!«

Du bewegst die Lampe zu Düvekes Jeans. Darin ist ein kleines Loch, von der Zigarette natürlich. Die Transuse hat sie vor Schreck fallen lassen und sie hat sich durch ihre Hose gebrannt.

»Zeig her«, befiehlst du. Das ist wieder der Kommandant. »Zieh deine Hose runter.«

Düveke zögert etwas, aber sie tut es. Sie öffnet den Reißverschluss ihrer Jeans und zieht sie ein Stückchen runter. Ja doch, sie hat einen Fleck auf dem Bein. Aber sehr schlimm kann man das doch nicht nennen. Im Augenblick tut es etwas weh, aber bestimmt nicht lange. Außerdem sieht so ein Fleck auch noch ziemlich echt aus.

»Du bist gebrandmarkt«, sagst du.

»Hä?«

»Das gehört dazu.«

»Wie meinst du das?«

Du erzählst, dass Soldaten in der Armee früher gebrandmarkt wurden. Dazu wurde ein Eisenstab ins Feuer gehalten, mit einem Stempel dran. Und dann wurde der Stempel auf den nackten Leib der Soldaten gedrückt, damit alle für immer sehen konnten, auf welcher Seite sie standen.

»So wie du jetzt«, sagst du.

Düveke schaut auf den Fleck auf ihrem Bein. Sie wischt sich übers Gesicht. »Geht er denn nie mehr weg?«, fragt sie.

Du schüttelst den Kopf. Sieh sich einer jetzt die ängstliche Düüv an! Als ob es irgendwas ausmachen würde, so ein Fleck. Da trägt man doch einfach seine Hose drüber, oder? Und eigentlich ist es auch nur ein ganz kleines Fleckchen.

»Nie mehr«, sagst du. »Du gehörst von jetzt an zu mir.«

Düveke wischt sich noch einmal übers Gesicht. »Dann müssen wir beide so einen Stempel haben«, sagt sie. »Sonst macht es keinen Sinn.«

»Wirklich nicht?«

»Finde ich nicht, nein.« Düveke schaut dich fragend an. »Es ist doch R. D. F.?«

»Na gut«, sagst du. »Fantastisch.« Du willst gern auch so einen Fleck, aber dann muss Düüv es tun, denn so gehört sich das.

»Also los.« Du legst die Taschenlampe hin, nimmst eine neue Zigarette, steckst sie dir zwischen die Lippen und hältst das Feuerzeug daran.

Du ziehst einmal und schon brennt sie. Du ziehst noch einmal und aus deinem Mund kommt Rauch. Du bläst den Rauch aus und gibst Düveke die Zigarette. »Hier, nimm!«

Düveke nimmt die Zigarette und du knöpfst dir schnell die Hose auf. Du ziehst sie ganz aus.

»Hierher muss es.« Du stichst mit dem Zeigefinger in deinen rechten Oberschenkel, haargenau an die Stelle, wo bei Düveke schon ein Fleck ist.

»Okay«, sagt Düveke. Sie will mir die Zigarette wieder zurückgeben, aber so war es nicht gemeint.

»Nein«, sagst du. »Du musst es tun.«

»Ich? Warum?«

»Ist halt so.«

Düveke zögert, das kannst du sehen. Du nimmst die Taschenlampe und leuchtest ihr damit ins Gesicht. »Traust du dich nicht?«

»Doch ...«

»Aber?«

Düveke zuckt mit den Schultern. »Warum tust du es nicht selbst?«

Nein, kommt nicht in Frage. Du schüttelst den Kopf. »Ich werde mir doch nicht selbst mit einer Zigarette ins Bein brennen«, sagst du. »Das geht echt nicht.«

»Wieso nicht?«

»Weil es nicht geht.«

Düveke zögert noch immer. Wird sie es tun? Einen Moment lang scheint es, als würde sie die brennende Zigarette auf dein Bein zubewegen. Du schließt die Augen und wartest.

Nichts passiert.

»Ich hab keine Lust dazu«, sagt Düveke.

Du öffnest die Augen wieder. »Auch recht«, sagst du. »Dann eben nicht.« Du übernimmst die Zigarette und steckst sie dir zwischen die Lippen. Jetzt hängt sie lose in deinem Mund, das heißt, ohne Hände. Das sieht sehr cool aus, besonders, wenn man dabei noch redet. Mal ausprobieren.

»Tja, schade«, sagst du, während du die Zigarette zwischen die Lippen geklemmt hältst. Du legst die Taschenlampe hin und fährst mit den Beinen in deine Hose. Du ziehst sie dir, ohne aufzustehen, über den Hintern. »Armeeführer haben eigentlich auch nie so einen Stempel.«

»Nein?«

»Nein.«

Du knöpfst die Hose wieder zu und nimmst die Taschenlampe. Die Zigarette ist immer noch gut festgeklemmt. »Jetzt du«, sagst du.

»Jetzt ich was?«

Du holst die Zigarette zwischen deinen Lippen hervor, bläst eine große Rauchwolke aus und leuchtest Düveke mit der Lampe ins Gesicht. Du sagst: »Jetzt musst du erzählen, was heute alles passiert ist.«

Alarmstufe »Amber Alert« wegen Mädchen (12) aus Krommeveer

Aus unserer Lokalredaktion

KROMMEVEER. Die Polizei ist auf der Suche nach der zwölfjährigen Rifka Ravesteijn aus Krommeveer. Am Nachmittag wurde ihretwegen die Alarmstufe »Amber Alert« ausgelöst; die Bevölkerung ist aufgerufen, nach ihr Ausschau zu halten.

»Amber Alert« ist die landesweite akute Alarmstufe bei vermissten Kindern. Im Falle einer Vermisstmeldung mit erhöhtem Risiko verbreitet die Polizei die Nachricht über SMS, E-Mail, Twitter und die Medien.

Das Mädchen gilt seit heute früh als vermisst. Sie verließ ihr Elternhaus mit dem Rad und erschien anschließend nicht in der nahe gelegenen Grundschule. Ihr Fahrrad wurde am Dorfrand wiedergefunden.

Es gibt keinen Grund zu der Annahme, dass Rifka von zu Hause weggelaufen ist. Ein Verbrechen wird nicht ausgeschlossen.

Rifka Ravesteijn hat langes, dunkles, lockiges Haar und eine normale Statur. Zum Zeitpunkt ihres Verschwindens trug sie höchstwahrscheinlich eine dunkelblaue Jeans, einen weißen Pullover und rote Sportschuhe.

Die Eltern des Mädchens rufen alle auf, nach ihrer vermissten Tochter Ausschau zu halten.

Brief

Du betrachtest das Foto zu dem Artikel. Es ist das Klassenfoto von diesem Jahr. Du lächelst darauf, mit zusammengepressten Lippen. Du weißt noch, was du gedacht hast, als das Foto gemacht wurde. Was für ein dicker, hässlicher Trottel der Fotograf war. Das dachtest du und so war es auch.

Du liest den Artikel wieder und wieder. Du wirst enorm vermisst, das ist sicher. Dennoch läuft das hier nicht plangemäß.

»Du hast überhaupt keinen weißen Pullover an«, sagt Düveke.

Was sie sagt, stimmt. Du trägst einen blauen Spiderman-Pulli, der irgendwann Olivier gehört hat. Düveke hat ihn dir geliehen, mit einem Stapel anderer Kleidung. Wenn du deine Nase ganz tief in den Pulli drückst, kannst du Olivier noch ein klitzekleines bisschen riechen. Das weißt du, weil du es getan hast.

Den weißen Pullover aus dem Zeitungsbericht hast du schon vor Monaten weggeworfen. Auf ihm war Blut, von Düveke. Das kam durch ein Missgeschick mit einer Schere. Düüv hat sich etwas dumm angestellt und da stach ihr die Schere ins Gesicht. Der Pullover ist nicht mehr sauber geworden und deshalb im Mülleimer gelandet. Du verstehst nicht, wie deine Eltern darauf kommen, du hättest gerade diesen weißen Pullover an. Das kann ja gar nicht sein. Aber eigentlich ist es auch egal.

Du leuchtest Düveke mit der Lampe an. »Warum steht nichts von den Briefen darin?«, fragst du.

Düveke schweigt.

»Sind sie nicht angekommen?«

Düveke zuckt mit den Schultern.

»Du hast sie aber doch beide in den Briefkasten geworfen?«

»Ja.«

»Ganz sicher?«

»Ganz sicher.«

»Einen vor und einen nach sechs Uhr?«

»Ja.«

»Und du hast gesehen, wie der Postbote den Briefkasten zwischendurch geleert hat?«

»Das hatte ich dir doch erzählt!«

»Mist«, sagst du. »Shit hoch drei!«

In der Zeitung steht alles Mögliche über das Verschwinden, aber von der Entführung steht nichts da. Ja, gut: Ein Verbrechen wird nicht ausgeschlossen, das haben sie geschrieben. Aber was bringt dir das? Es bedeutet lediglich, dass die Polizei noch nicht die leiseste Ahnung hat, was Sache ist. Darum haben heute natürlich alle nach dir gesucht. Wenn man entführt ist, machen die Leute das bestimmt nicht.

»Sie haben gefragt, ob ich wüsste, wo du bist«, sagt Düveke.

»Wer?«

»Rob, der Mann von Lehrerin Marie. Und noch ein Mann.«

»Was für einer?«

Düveke zuckt mit den Schultern. »Von der Polizei, glaube ich«, sagt sie. »Aber gesagt hat er das nicht.«

Du fragst, wann das war.

»In der Schule.«

»Wann in der Schule?«

»Nach der Pause.«

»Welcher Pause?«

Düüv ist manchmal wie die Erfindung eines durchgeknallten Professors. So ein ungelenker Roboter aus einem Comic oder einem Zeichentrickfilm, der nur ganz simple Antworten geben kann. Der nie einen Schritt weiter denkt, weil der Professor ihn mit Knöpfen und Drähten anstatt mit einem richtigen Gehirn ausgestattet hat.

»Der großen Pause«, sagt Düveke.

»Wie sah dieser Mann aus?«, fragst du. »Kamen sie in die Klasse? Was genau haben sie gefragt? Und was hast du ihnen erzählt?«

Düveke sagt, es wäre ein ganz normaler Mann gewesen, in normaler Männerkleidung und mit einem normalen Männergesicht. Er hatte einen Schnauzbart und vielleicht eine Brille. Letzteres weiß sie nicht mehr sicher. Rob ist der Polizist im Dorf. Er und dieser Mann hatten nach der Pause im Klassenzimmer auf sie gewartet. Erst hätten sie alle gefragt, ob jemand etwas von dir wüsste. Und dann noch mal Düveke. Allein auf dem Flur.

»Sie wollten auch mein Handy sehen«, sagt Düveke.

Du spürst einen Schauder vor Stolz und lächelst zufrieden. »Was hast du ihnen sonst noch gesagt?«, fragst du.

Düveke zuckt mit den Schultern. »Dass ich es nicht wüsste.«

»Und was haben sie noch gefragt?«

»Ob du böse wärst auf deine Eltern. Oder auf mich. Oder auf sonst jemand. Und ob du gesagt hättest, du wolltest von zu Hause weglaufen.«

»Und?«

Düveke schüttelt den Kopf. »Hältst du mich für dumm oder was?«

»Nein«, lügst du.

»Na also.«

»Na also was?«

»Ich habe nichts erzählt«, sagt Düveke. »Echt nicht.«

Du fragst, ob sie weinen musste.

»Wie meinst du das?«

»Als sie dich diese Sachen gefragt haben.«

Düveke sagt nichts. Das heißt: ja.

»Heulsuse«, sagst du.

»Aber ich habe echt, echt nichts gesagt!«

Du nickst. »Sehr schön.« Eigentlich ist es auch gut, dass Düüv weinen musste. Das macht alles noch echter.

Ihr seid eine Zeit lang still. Du versuchst nachzudenken, denn du musst dir was einfallen lassen. Aber es kommt nichts. Wie ist das möglich? Dir fällt immer was ein. Warum denn jetzt nicht?

»Ach ja«, sagt Düveke. »Weißt du, was der eine Mann mit dem Schnauzbart auch noch wissen wollte?«

»Na?«

»Ob du einen äh …«

»Was?«

»Er fragte, ob du einen Freund hast.«

»Einen Freund?«

»Ja.«

Die Düüv, wenn sie wüsste. Freunde sind für sie natürlich genauso seltsam und weit weg wie Marsmännchen. Düüv bekommt wahrscheinlich nie einen ab. Wer sollte sich je in sie verlieben?

Ihr sagt wieder eine Weile nichts.

»Hast du denn einen Freund?«, fragt Düveke dann auf einmal.

»Was?«

»Ob du einen Freund hast.«

»Was faselst du da?« Du leuchtest ihr wieder mit der Lampe ins Gesicht. Sie schaut dich eigenartig an. Weiß sie etwas von dir und Olivier? Für eine Transuse wie sie wäre das allerdings sehr schnell. »Warum sagst du jetzt wieder so was Dummes?«, fragst du.

»Ich weiß nicht«, sagt Düveke.

»Du weißt anscheinend noch viel mehr nicht!«

Du denkst und denkst. Ohne die Briefe scheitert der gesamte Plan. Es muss etwas passieren.

»Du gehst und findest heraus, ob unser Brief angekommen ist«, sagst du. Es klingt, als wäre dir etwas eingefallen, aber das scheint nur so. Du weißt nicht, wie Düüv das herausfinden soll, und Düüv weiß es bestimmt auch nicht.

»Ich kann doch nicht einfach danach fragen«, sagt Düveke.

Siehst du? Du bist immer diejenige, die die Ideen liefern muss.

Fällt dir ausnahmsweise mal nichts ein, versagt auch Düüv. Was für eine Trantüte sie doch ist!

»Nein«, sagst du. »Danach fragen? Bist du verrückt oder was? Was dachtest du eigentlich?«

»Ich weiß nicht«, sagt Düveke. »Ich weiß es einfach nicht. Aber ich muss langsam mal nach Hause.«

»Wieso langsam nach Hause? Jetzt? Papi und Mami schlafen doch, oder?«

»Ja«, sagt Düveke. »Aber ...«

»Aber was?«

»Ich weiß nicht.«

»Du weißt nichts.«

Düveke schüttelt den Kopf. »Warum bist du nur so?«, fragt sie. »Ich kann doch nichts dafür, dass der Brief nicht angekommen ist.«

Nein, natürlich kann Düüv nichts dafür. Aber trotzdem nervt es ziemlich. Wie sollen deine Eltern denn jetzt dahinterkommen, dass ihre liebe Tochter entführt wurde?

»Vielleicht haben sie ihn einfach übersehen«, sagt Düveke. »Das wäre doch möglich?«

»Wie meinst du das?«

»Den Brief.«

»Wie meinst du, übersehen?«

Düveke schweigt einen Moment. Dann sagt sie: »Dass sie ihn noch nicht gelesen haben, verstehst du? Meine Eltern lesen ganz oft die Post nicht sofort.«

Schau dir nur diese Düüv an, mit ihrer roten Birne. Bestimmt hat sie Angst, gerade etwas ganz Dummes gesagt zu haben, aber so dumm ist es nicht. Es könnte natürlich sein, dass der Brief noch ungelesen auf einem Stapel liegt oder irgendwo versteckt zwischen Werbeprospekten.

»Du musst morgen bei uns zu Hause vorbeigehen«, sagst du.

»Und dann?«

»Dann siehst du nach, ob er irgendwo liegt.«

»Aber was soll ich sagen?«, fragt Düveke. »Was habe ich bei euch zu suchen?«

»Du kommst, um ihnen dein Mitgefühl auszusprechen.«

»Mein was?«

»Du kennst meine Eltern doch, oder?«

»Ja.«

»Und sie dich doch auch?«

»Ja.«

»Dann kannst du doch vorbeigehen und gemeinsam mit ihnen 'ne Runde heulen?«

»Wieso?«

Düüv kapiert wieder mal nicht die Bohne. Man könnte meinen, dass sie nach zwölf Uhr nachts noch lahmer ist als sonst. Warum ist sie eigentlich deine Freundin? Eine schöne Bescherung. Eine Klasse voller Dummtussis und du suchst dir ausgerechnet die Falscheste aus.

»Heulen, weil ich vermisst werde, du Trantüte!«

Düüv war der Schlüssel zu Olivier, aber das ist jetzt auch vorbei. Später auf der weiterführenden Schule musst du dir möglichst schnell neue Freunde suchen. Coole Mädchen aus der Stadt, nicht so dösige Hosenscheißer.

»Ich kann doch nicht einfach so mir nichts dir nichts anfangen zu weinen!«, sagt Düveke.

»Wirklich nicht?« Du lächelst. Natürlich kann Düüv das. Gib nur acht. »Soll ich dir mal was erzählen?«, sagst du.

Düveke antwortet nicht.

»Nach dem Sommer gehe ich aufs Pancratius. Und du nicht. Fürs Gymnasium bist du nämlich zu dumm. Du kannst nämlich nichts.«

Du leuchtest mit der Taschenlampe in Düvekes Gesicht. Sie schweigt, aber siehst du das? Es ist dir gelungen. Eine dicke Träne rollt ihr bis zum Kinn.

»Ich weiß nichts, ich kann nichts …« Düveke weint. »Warum bist du bloß so zu mir?«

»Ich habe mich geirrt«, sagst du. »Du kannst doch etwas.«

»Was denn?«

»Einfach so losheulen.«

»Ich heule nicht ›einfach so‹!« Düveke weint weiter. »Du bist so was von gemein!«

»Ich bin auch gemein.«

»Aber warum denn?«

»Weil ich ein erbarmungsloses Mädchen bin.«

»Ein was?«

Tja, wie sollst du das jetzt erklären? Und dazu noch einer, die so gut wie nichts versteht. Du verstehst es noch nicht mal selbst. Erbarmungslos.

Es stand in irgendeinem Geschichtsbuch zu Hause im Schrank. Ein kleines Buch über große Kriege. So hieß es und es handelte von Königen und Heerführern, die ganze Völker niedermetzelten, um möglichst viel Macht zu bekommen. Bei einem stand: Er war ein erbarmungsloser Mann.

»Ich kann nicht anders«, sagst du.

»Das verstehe ich nicht«, sagt Düveke.

»Auch gut.« Du zuckst mit den Schultern. »Dann fahr mal schön nach Hause, du.«

Düveke steht am Zaun, ihr Fahrrad an der Hand. »Was machen wir jetzt?«, flüstert sie.

»Nichts«, flüsterst du zurück.

»Nichts?«

Du hast noch mal drüber nachgedacht und eigentlich ist es keine gute Idee, Düveke bei deinen Eltern vorbeizuschicken. Düüv sollte möglichst wenig mit anderen Leuten reden. Denn immer wenn die Sprache auf dich kommt, könnte sie dich verraten. Absichtlich unabsichtlich.

»Wir warten einfach noch einen Tag«, flüsterst du. »Danach treten wir in Aktion.«

»Wir, ähm …« Düveke zweifelt. »Wir könnten vielleicht auch damit aufhören.«

»Was hast du gesagt?«

»Ähm. Na ja. Ich meine …«

»Du hast überhaupt nichts zu meinen!«, flüsterst du. »Wenn du das noch ein Mal sagst, knalle ich dir so eine vor den Kopf, dass dir dein Nasenknochen ins Hirn dringt und du mit einem Schlag tot bist. Hast du das verstanden?«

»Entschuldige«, flüstert Düveke. »Ja. Ich habe verstanden.«

»Sehr schön. Tschau, Düüv.«

Du öffnest das Zauntor einen Spaltbreit, Düveke schiebt sich und ihr Fahrrad hindurch. Sie verschwinden in der Schwärze der Nacht.

Gott

Du kannst nicht schlafen. Es gibt auch nichts Weiches, worauf du liegen könntest. Die Matte mit den Löchern ist dünn wie Knäckebrot. Die blöde Düüv hätte einfach eine Luftmatratze kaufen müssen, aber die dumme Matte war natürlich billiger. Vielleicht hat sie von dem Restgeld noch Süßigkeiten für sich selbst gekauft. Übrigens, sollte sie alles Geld, das sie übrig hatte, nicht dir geben? Du hast nicht mehr daran gedacht und Düüv hat natürlich den Mund gehalten. Knickrig, wie sie ist.

Du gehst durch die leere Villa. Es ist nicht mal mehr ganz dunkel. Du schaust auf das Nokia. 03:46. Bist du jemals so spät noch wach gewesen? Wohl kaum. Vielleicht bleibst du auch die ganze Nacht auf, das ginge. Du bist noch nicht müde und du hast keine Lust auf diesen knallharten Fußboden.

He, warte mal. Womöglich gibt es irgendwo im Haus ja eine alte Matratze. Das gehört doch zu den Dingen, die Leute liegen lassen, wenn sie wegziehen, oder? Du denkst nach. Wo würde jemand eine alte Matratze hintun? In den Keller vielleicht oder ins Gartenhaus.

Pech, da liegt nichts. Aber du gibst nicht auf. Du nicht, niemals. Die Villa ist ziemlich groß und du bist längst nicht überall gewesen. Oben, da sind bestimmt noch viele Zimmer.

Du gehst die Treppe hinauf. Es ist eine Knarztreppe. Ob Pferdeschwanz da oben gelegen hat, als er zu krank war, um zur Schule zu gehen? Knarr, knarr, knarr. Das war dann seine Mutter, mit einem Butterbrot oder einem Äpfelchen.

»Mami!«, rief Pferdeschwanz.

»Ich komme schon, mein Engelchen!«, rief seine Mutter.

So nannte sie ihn bestimmt. Oder mein Schatz, das ginge auch.

Oder Morriporri. Sehr viele Eltern geben ihren Kindern verrückte Namen. Deine Eltern tun das nicht. Einfach Rifka, das finden sie gut genug.

Du stehst oben an der Treppe und schaust in den Flur. Fünf Türen, an einer hängt ein Buchstabe aus Holz. Das M von Morriporri. Wirklich was für Babys.

Es ist ein kleines Zimmer für so ein großes Haus. Ein Zimmer ohne Matratze, ohne irgendwas. Nur die Lampe und die Vorhänge hängen noch da. Eine Lampe in Form einer Sonne, mit einem aufgemalten Gesicht. Und blaue Vorhänge.

Du gehst zum Fenster. Aus der Nähe siehst du, dass auf den Vorhängen kleine, fröhliche Pünktchen sind. Sie sind fröhlicher, als du Pferdeschwanz je gesehen hast. Grün, rot, gelb. Sie tanzen über den Stoff, als gäbe es tatsächlich irgendwas zu tanzen. Du schaust aus dem Fenster nach unten, in den Garten hinter dem Haus.

Mist, die Tür des Gartenhauses. Hast du vorhin vergessen, sie zuzumachen? Doch wohl nicht. Oder doch? Vielleicht hat der Wind sie aufgerissen, das könnte sein. Auch wenn es nicht sehr stark stürmt. Du musst nach unten, die Tür kann sonst klappern. Und Geräusche erregen Verdacht. Angenommen, jemand geht zufällig mit seinem Hund Gassi und hört dann was. Peng! Peng! Peng! Ich meine die Tür. Ehe du dich versiehst, steht das halbe Dorf hier im Garten. Nein, das musst du nicht haben.

Wie spät ist es eigentlich? Ist schon Hunde-Gassigehzeit? Du holst das Nokia hervor. 04:07. Du steckst es zurück in die Tasche und dann siehst du was. Etwas Weißes. Es klemmt zwischen Heizung und Wand und sieht aus wie ein zusammengefaltetes Stück Papier. Du bückst dich und ziehst daran, das geht leicht. Du schaust, was du zwischen den Fingern hast. Es ist ein zusammengefaltetes Stück Papier. Du faltest es auseinander. Etwas steht darauf geschrieben, in so kritzeligen Jungenbuchstaben.

Lieber Gott,
ich habe keine Angst.

Genau so steht es da, sonst nichts. Was sollst du denn damit? Du zerknüllst den Zettel und holst das Feuerzeug aus der Tasche. Aber dann siehst du noch etwas, wieder was Weißes. Und noch etwas Weißes, und wieder und noch mehr. Zwischen der Heizung und der Wand stecken lauter zusammengefaltete Papierzettel. Wer nicht genau hinschaut, wird sie nie entdecken. Aber du hast genau hingeschaut, so bist du nun mal. Du steckst das Feuerzeug zurück, streifst den Ärmel deines Pullovers hoch und zwängst deinen Arm hinter der Heizung durch. Er ist ziemlich eingeklemmt, aber deine Hand kannst du noch gut bewegen. Und mit der Hand fühlst du die Zettel. Du schiebst sie nach unten. Das geht schwer, aber du schaffst es. Du schiebst und zerrst weiter und die Zettel fallen einer nach dem anderen auf den Boden. Es sind viele.

Als du nichts mehr fühlst, ziehst du den Arm wieder hinter der Heizung hervor. Das tut weh, aber Schmerzen erträgst du gut. Das war schon immer so.

Es sind siebzehn. Siebzehn Papierzettel. Sie liegen auf einem Haufen vor dir. Du nimmst einen und liest.

Lieber Gott,
ich wünsche mir einen Hund
(so sehr).

Was sollte das denn? Dachte Pferdeschwanz tatsächlich, Gott steckt hinter der Heizung? Was für ein dummer Kerl er doch gewesen ist, schon nicht mehr normal! Aber eigentlich ist es auch ein bisschen zum Lachen. Du liest noch einen Zettel.

Lieber Gott,
ich hasse diese Hexe.

Pferdeschwanz meinte sicher seine Mutter. Vielleicht ist die ja den ganzen Tag singend durchs Haus gelaufen. Das hätte dich ganz bestimmt auch verrückt gemacht, das falsche Gekrächze. Du nimmst noch einen Zettel.

Lieber Gott,
ich bin verliebt.

Haha, der Pferdeschwanz. Verliebt! Du musst wirklich ein bisschen darüber lachen. Was wusste der Lödeldödel schon vom Verliebtsein? Noch dazu mit seinem schwachen Herzen! So ein kleiner Trottel. In wen war er eigentlich verliebt? In dich? Bestimmt, alle stehen auf dich. Was sich liebt, das neckt sich. Pferdeschwanz dachte natürlich, dieser Satz würde auch für dich und ihn gelten. Und darum hat er sich in dich verliebt. Schnell noch ein Zettel.

Lieber Gott,
ich HASSE diese Hexe!!!

Donnerwetter, Pferdeschwanz meinte es aber ernst. Vielleicht hatte er ja 'ne böse Tante, die ihn quälte. Die ihn immer heimlich gezwickt und geschlagen hat, wenn keiner hinsah. Du hast so was mal in einem Film gesehen. Der handelte von einem sehr kranken Mädchen und einer Stiefmutter, die ihr Gift ins Essen mischte. Genau wie im Märchen, nur eben echt. (In dem Film jedenfalls.)

Lieber Gott,
ich möchte so supermegagern einen Hund.

Ja doch, einen Hund. Das weißt du mittlerweile. Du kannst Hunde nicht ausstehen, überhaupt keine Tiere übrigens.

Lieber Gott,
ich HAAAAAASSE diese Hexe!!!!!!!!!

Sechsmal A und neun Ausrufezeichen. Wozu sind die denn jetzt nötig?

Lieber Gott,
ich will, dass Mama glücklich wirt.

Dummer Pferdeschwanz. Das kommt davon, wenn man so selten zur Schule geht. Wird. Mit d, nicht mit t! Da hätte Gott aber ruhig mal was sagen dürfen, falls er tatsächlich hinter der Heizung war. Die ganzen bekritzelten Zettel, die ihm jedes Mal auf den Kopf fielen. Und dann noch mit Schreibfehlern!

»Nein, Bürschchen!«, klang es böse hinter der Heizung hervor. »Wird schreibt man mit d!«

Pferdeschwanz erschrak natürlich zu Tode. Das war nicht gut für sein Herz.

»Entschuldige, Gott«, antwortete er mit seinem kranken Stimmchen. »Ich werde es nie mehr tun.«

»Versprichst du das?«, fragte Gott.

Pferdeschwanz versprach es. Du möchtest das allerdings erst sehen, also faltest du noch einen Zettel auseinander.

Lieber Gott,
ich will den ganzen Tag an ihren Haaren riechen.

Sehr gut, kleiner Knilch, null Fehler. Du wickelst dir eine lange, herabhängende Locke um den Zeigefinger.

Lieber Gott,
ich darf Mama niemals von der Hexe erzählen,
denn dann wirt sie noch trauriger,
als sie jetzt schon ist.

Das war's dann mit deinem Versprechen, Pferdeschwanz! Schon wieder ein Rechtschreibfehler. Eigentlich ist es genau derselbe wie vorhin. Das heißt, ganz genauso dumm.

Lieber Gott,
ich will für sie dichten.

So wenig Wörter, da kann man ja kaum irgendwas falsch schreiben.

Aber he, warte mal. Meinte Pferdeschwanz da ein Liebesgedicht? Du wühlst durch die Zettel. Kurze Sätze, lieber Gott, noch mehr Hunde, Hexen und Fehler. Und ja, da haben wir es: Pferdeschwanz, der Dichter. Du fragst dich, ob er genauso schlecht war wie seine Cousine. Die las ein Gedicht bei seiner Beerdigung vor, das sich noch nicht mal reimte. Trotzdem kann das ziemlich zum Lachen werden, ein Liebesgedicht von Pferdeschwanz speziell für dich. Du liest, was auf dem Stückchen Papier steht. Acht Zeilen sind es.

Dein Haar ist wirklich engelschön,
Das können alle Leute sehn.
Du bist einfach zum Stehlen
Und sollst mir nie mehr fehlen.
Ich will dich von der Hex erlösen.
Die Hexe hockt im Wald, dem bösen.
Ich nenn dich Düvetäubchen.
Manchmal ess ich ein Träubchen.

Das ist alles. Es ist ein total mieses Gedicht. Das mit dem Fehlen steht nur deshalb da, weil es sich auf Stehlen reimt, und die Traube ergibt auch keinerlei Sinn. Aber du kannst nur auf ein Wort schauen. Nur auf das eine, merkwürdige Wort. Es tanzt dir vor den Augen wie ein Tupfer auf dem Vorhang. Du spürst einen Schauder im ganzen Körper. Es ist auch so entsetzlich kalt hier! Doofes Haus.

Du zwinkerst mit den Augen, aber das Wort tanzt weiter. Es streckt sogar seine Flügel aus. Das kann überhaupt nicht sein, denn Wörter können nicht fliegen. Trotzdem scheint genau das zu passieren. Siehst du? Das Wort fliegt schon weg von dem Papier, quer durchs Zimmer. Da dreht es ein paar Runden, beschreibt Zickzacklinien von links nach rechts. Mit dem Kopf folgst du dem Wort, bis es langsam und boshaft vor deiner Nase herumflattert. Es macht dich müde. Wie spät es wohl ist?

Düvetäubchen.

Weg mit dem Wort.

Du machst die Augen zu.

Schlampe

Du wachst auf von einem Schlag. Noch ein Schlag und noch einer. Was ist das für ein Geräusch? Wo bist du?

Mist, ein Krampf! Alles fühlt sich steif an. Du kommst dir vor wie eine Barbiepuppe, die zwanzig Stunden lang im Tiefkühlfach gelegen hat.

Du bewegst den Kopf hin und her. Von links nach rechts, von unten nach oben. An der Zimmerdecke hängt eine Sonne, die dich anlacht. Wärst du ein Cowboy, würdest du jetzt deinen Revolver ziehen und die Sonne kaputt schießen.

Peng! Peng! Peng!

Was ist das nur für ein Geräusch? Es kommt von draußen. Du stehst auf. Shit hoch drei ... Diese Schmerzen! Sie sind überall. In deinem Rücken, im Nacken, in den Armen und Beinen. Und in deinem Kopf. Als würden hundert kleine Nägel dir ins Gehirn stechen. Vielleicht hat ja jemand deinen Kopf aufgeschraubt, als du schliefst. Und sind die Nägel so hineingekommen.

Wieder dieses Geräusch. Bei jedem Schlag von draußen werden die Nagelspitzen etwas tiefer in deinen Kopf gedrückt. Du schaust aus dem Fenster. Ja doch, es ist die Tür des Gartenhäuschens. Wolltest du die nicht schon vor Stunden zugemacht haben? Du bist eingeschlafen. Dumme Du. Ehe du dich versiehst, steht das halbe Dorf hier im Garten.

Du holst das Nokia aus der Tasche. 09:21. Schon fast halb zehn Uhr morgens! Du rennst nach unten und in den Garten. Zum Glück ist der Zaun hoch, zum Glück hat die Villa nicht im Entferntesten so was wie Nachbarn.

So, die Tür hat ausgeklappert. Du gehst wieder hinein. Was jetzt? Hunger! Du hast noch Chips und Früchteriegel. Ein echtes Frühstück kann man das nicht nennen, aber besser als nichts.

Es ist immer noch kalt im Haus. Du fühlst dich nicht gut. Immer diese Chips die ganze Zeit. Du hättest Brot mitnehmen sollen oder gleich von Düveke mitbringen lassen. Dumme Du, dumme Düüv.

Düveke! Du denkst an gestern. Der Streit, deine Suche nach etwas Weichem zum Schlafen, dann die Papierzettel. Und dieses Wort ...

Du greifst wieder zum Nokia, Zeit für eine SMS. Du schreibst:

Komm her, wenn du dich traust. Bring VIEL brot mit.
Du bist eine schlampe. R

Du drückst auf Senden und wartest. Darin bist du mittlerweile ziemlich gut geworden, aber jetzt reicht es dir. Warten ist öde und es dauert lange. Und du hast Hunger. Und Schmerzen. Und alles ist doof.

Dieses dumme Haus ist doof, dieser dumme Bruder mit seiner Schwester ist doof, das dumme Gedicht mit dem dummen Wort ist doof und die dumme Entführung ist doof. Das heißt, das Letzte nicht echt, aber doch auch ein wenig.

Warum läuft auf einmal alles schief? Es war doch ein wasserdichter Plan! Du würdest dich eine Weile verstecken und danach würden sie eine Beerdigung für dich machen. So schwierig konnte das doch nicht sein! Diese dummen Briefe aber auch. Und deine dummen Eltern. Nicht mal die Post lesen! Was für dumme Trottel! Wenn du später wieder zurück bist, wirst du Rache nehmen. Vielleicht kannst du das neue Notebook deines Vaters in der Badewanne ersäufen oder die goldenen Ohrringe deiner Mutter durchs Klo spülen.

Das Nokia vibriert, eine SMS.

Warum nennst du mich schlampe? ☹ Ich kann erst heut nacht kommen ...

Du spürst, dass du kacken musst, sehr, sehr dringend sogar. Aber alles ist abgedreht, das heißt, auch die Klospülung geht nicht. Mist. Die ganze Welt ist doof. Du tippst:

Weil du eine schlampe bist. Schlampe. Schlampe. Schlampe

Und dann schreibst du noch eine SMS. Nicht an Düveke - die ist ja doch zu dumm, irgendwas zu verstehen -, sondern an ihren blödsinnigen Bruder.

Warum knutschst du mit der tussi? Arschloch

Senden? Du löschst den Text, tippst ihn wieder ein. Und löschst ihn wieder. Wenn du diese SMS wirklich abschickst, wird alles ganz sicher auffliegen. Außerdem hast du Oliviers Nummer gar nicht.

Du musst echt kacken. Scheißdreck aber auch, es gibt noch nicht mal Klopapier! Warum hast du nicht daran gedacht, als du die Sachen für dein Versteck zusammengesammelt hast? Und warum hat Düveke damals eigentlich nicht daran gedacht? Vergisst du mal irgendeine Mini-Kleinigkeit, ist Düüv auch zu dösig, daran zu denken. Vielleicht kannst du die dummen Bittbriefe von Pferdeschwanz ja benutzen. Ach was, die sind viel zu klein. Die Zeitung von gestern, das ist besser.

Du gräbst ein Loch im Garten, direkt am Zaun. Deine Fingernägel werden schwarz. Er gibt auch keine Schaufel. Es gibt nichts hier. Dummes, leeres Misthaus.

Das Kacken geht schwer, trotzdem erleichtert es. Du fühlst dich wieder ein ganz klein wenig besser. Alles ist dumm, alles tut weh.

Aber du gibst nicht auf, niemals. Denn wer ist hier schließlich der King? Du doch, oder? Du bist der madderfacking King.

Wer?

Du!

Wer?

Du!

Lauter!

Du!

Lauter, sage ich dir!

RIFKA!

»Ich höre dich nicht!«, rufst du durch das Haus. Es hallt in den leeren Räumen.

»ICH - HÖRE - DICH - NICHT!«

Du schreist, du brüllst, du kreischst. Aber niemand kann dich hören, denn du bist entführt. Und demnächst auch noch tot, so was von tot! Lang lebe der König!

Du rennst treppauf, treppab, in Zimmer, aus Zimmern. Wo liegt das Messer? Du siehst es und nimmst es. Das Messer ist jetzt dein Schwert.

»Ich bin der King!«, rufst du. Dein Schwert reckst du hoch in die Luft. »Rifka ist der King! DER KING, SAGE ICH DIR!«

Tschack, tschack! Mit zwei schnellen Bewegungen schneidest du die dummen Hängetitten von Ilona Pielkenrood ab. Es blutet natürlich wie verrückt.

Du rennst durch das Haus, während du mit der Spitze deines blutverschmierten Schwerts die Wände entlangkratzt. Zurück bleiben lange, tiefe Streifen. Dummes Haus, dumme Wände.

Du kreischst, du rennst, du zitterst. Oder na ja ... Dein Telefon vibriert. Du bist ein King mit einem Handy. Mitten auf der Treppe bleibst du stehen. Keuchend, erschöpft. Es war ein kurzer Kampf, aber auch ein schwerer. Der King hat gewonnen. Schon wieder. Aber so verrückt ist das nicht, denn der King gewinnt immer.

Düvetäubchen. Dummes, dumpfbackiges Kind. Nervige Heulsuse. Noch ein paar Monate, dann bist du von ihr erlöst.

Du steckst das Nokia in die Tasche zurück und gehst wieder durchs Haus. Wie ein Krieger auf Beutezug jetzt, ausgehungert und blutrünstig, in der Hand dein Jagdmesser.

Du gehst nach oben, ins Zimmer von Pferdeschwanz. Mitten im Raum bleibst du kurz stehen. Dann schneidest du die Sonnenlampe ab und danach die scheißfröhlichen Gardinen. Alles muss kaputt sein. Du zertrittst die Lampe, mit deinem Messer reißt du die Vorhänge in Stücke.

Nichts und niemand kann dich aufhalten. Du wirst vermisst, und was auch geschieht, es muss und wird demnächst eine Beerdigung geben. Und du wirst dabei sein. Versteckt inmitten der weinenden Masse, unerkannt.

Mit der einen Hand umfasst du eine Haarsträhne von dir. Mit der anderen Hand bewegst du das Messer dorthin. Du schneidest, es geht überraschend leicht. Du nimmst noch eine Strähne und schneidest wieder. Danach nimmst du eine richtig große. Du schneidest und schneidest und schneidest. Bis du einen kurzen Schopf hast und ein großer Haufen Locken auf dem Boden liegt.

»Das ist der King«, flüsterst du in das leere Zimmer. »Das ist der einzig wahre King!«

Käse

Es regnet wie verrückt. Du bist froh, dass du nicht in so einem kleinen Zelt hockst. Bestimmt kommt gleich auch noch ein Gewitter. Nicht dass du auch nur das geringste bisschen Angst davor hättest, aber trotzdem. Gut, dass du hier in diesem Haus bist. Auch wenn du jetzt kurz raus ins Nasse musst. Ziemlich doof, dass du kein Regenzeug dabei hast.

He, warte mal. Das Armeezelt natürlich! Du gehst in die Zimmerecke, dorthin, wo der Haufen liegt. Mit dem Messer schneidest du dir eine große Bahn aus dem Zelt. Das Ding war ohnehin schon kaputt.

Das Schneiden ging ganz einfach. Du wickelst die Zeltbahn um dich. So, jetzt hast du einen Regenmantel. Du öffnest die Hintertür und gehst in den Garten. Regentropfen auf kurzem Haar fühlen sich ganz anders an als auf langen Locken. Schöner eigentlich.

Du wartest im Regen. Endlich hörst du ein Fahrrad. Es ist Düveke, sie hält vor dem Zauntor.

»Parole«, flüsterst du.

»Hä?«

»Die Parole.«

»Was meinst du damit?«

»Parole!«

Du schielst um die Tür. Düüv guckt dumm, Düüv ist auch dumm.

»Wir haben doch keine Parole?«, fragt sie.

»Ab jetzt schon.«

»Ja, aber dann weiß ich sie nicht.«

»Pech für dich.«

Es ist still auf der anderen Seite der Tür. Düveke versucht natürlich, auf die Parole zu kommen. Als ob ihr die jemals einfallen könnte. Braucht es auch überhaupt nicht, ist nämlich bloß ein Scherz.

»Lass mich rein«, sagt Düveke.

»Ohne Parole?«

»Rif.« Düveke hat die Nase voll. »Jetzt sei nicht so albern. Es regnet.«

Du holst das Nokia aus der Tasche. 01:09. Düüv ist fast zehn Minuten zu spät, darum musste sie bestraft werden. Aber jetzt willst du etwas essen, und wenn du Glück hast, hat Düüv das Brot dabei. Du öffnest das Tor.

»Deine Haare!«, ruft Düveke sofort.

»Pssst!«

Düveke schlägt sich die Hand vor den Mund. »Sie sind ganz kurz!«, flüstert sie.

Du seufzt. »Na so was!«, flüsterst du zurück. »Das weiß ich auch selbst. Jetzt komm schon rein, du. Ich hab einen Scheißhunger.«

Ihr sitzt wieder in dem einen Zimmer auf dem Boden, einander gegenüber, genau wie gestern. Es ist noch kälter als gestern, aber das liegt auch an deinen nassen Sachen. Unter deinem neuen Regenmantel ist der Spiderman-Pulli schön trocken geblieben, aber deine Hose, deine Socken und die Schuhe nicht.

Die Taschenlampe steht zwischen dir und Düüv. Sie leuchtet wie ein kleiner Deckenstrahler nach oben. Düveke schaut auf die nasse Zeltbahn, die auf dem Boden liegt. Sie sagt nichts, traut sich natürlich nicht. Sie selbst trägt Gummistiefel und einen Regenmantel. Sie sind ihr viel zu groß, es ist wirklich kein Anblick.

»Sind das deine?«, fragst du, während du auf ihre tropfenden Regensachen zeigst.

Düveke schüttelt den Kopf. »Von Olivier.«

»Warum hast du sie dann an?«

»Sie waren in der Garderobe«, antwortet Düveke. »Ich konnte meine eigenen Regensachen nicht finden. Und ich hatte Angst, alle aufzuwecken, wenn ich nach ihnen suchen würde.«

Du fragst, warum Düüv das nasse Zeug jetzt nicht auszieht.

»Das tust du doch auch nicht.«

Als Antwort trittst du dir die Schuhe von den Füßen und kickst sie in eine Zimmerecke.

»Rif«, sagt Düveke, während sie mit den Schultern zuckt. »Lass mich einfach.«

Rechthaberisches Kind. Muss sie selber wissen. Du holst ein Vollkorn-Käsebrot aus einer Plastiktüte und beginnst zu essen. Du magst kein Vollkorn, auch keinen Käse. Trotzdem schmeckt es gut. Du verstehst nicht, warum Düüv nur zwei belegte Brote mitgebracht hat. Und die Batterien für die Taschenlampe hat die Dumpfbacke auch noch vergessen.

Düveke zeigt auf deinen Kopf. »Warum hast du es eigentlich abgeschnitten?«, fragt sie.

»Natürlich deshalb, damit ich später bei der Beerdigung nicht erkannt werde.«

Düveke nickt, trotzdem versteht sie es nicht. »Aber was ist mit deinen Kräften?«, fragt sie. »Fließen die jetzt nicht langsam aus dir heraus?«

»Was faselst du da?«

»So wie damals bei Mori.«

»Ach, das.«

Düveke nickt wieder.

Du schüttelst den Kopf. »Für mich gilt das nicht«, sagst du. »Ich bin nämlich unbesiegbar.«

»Ach«, sagt Düveke.

»Ja«, sagst du.

Düveke zeigt auf deine Hände. »Und warum sind deine Fingernägel so schmutzig?«

»Weil ich ein Loch gegraben habe. Im Garten.«

»Wozu das denn?«

Du nimmst einen Bissen von dem Käsebrot und noch einen. Mit vollem Mund sagst du: »Um Knochen zu verbuddeln.«

»Knochen?«

»Die lagen oben. In dem Zimmer von Pferdeschwanz.«

»Ach«, sagt Düveke.

Du greifst zur Taschenlampe und leuchtest die Wand an. »Siehst du das?«

Düveke guckt.

»Siehst du die Streifen?« Du schwenkst die Lampe über deinen Schwerterkampf von heute früh. Es sind tiefe, zittrige Kratzer. Sie laufen über die gesamte Wand und weiter. Über die Tür, auf den Flur, an der Treppe nach oben.

»Was ist das?«, fragt Düveke.

»Gestern waren sie noch nicht da«, sagst du.

»Bist du das gewesen?«

»Ich?« Du tust, als wäre das eine ganz, ganz dumme Frage. »Warum sollte ich denn die madderfacking Streifen ziehen? Heute früh waren sie auf einmal da.«

»Echt?«

Du nickst. »Sie laufen durchs ganze Haus«, sagst du. »Ich denke, es ist der Geist von Pferdeschwanz gewesen.«

»Den gibt es nicht«, sagt Düveke.

»Wirklich nicht?«

»Nein.« Düveke schüttelt den Kopf. »Du bist es einfach selbst gewesen.« Sie zeigt neben dich, wo deine Waffe liegt. »Mit dem Messer.«

»Schon möglich«, sagst du.

Du nimmst das zweite Brot. Vollkorn und Käse ist was für gesunde Mädchen. Du bist erbarmungslos. Aber das Butterbrot isst du trotzdem auf.

»Die Zeitung«, sagst du.

»Wie?«

Du isst deinen Mund leer und wiederholst: »Die Zeitung!«

»Ach ja.« Düveke begreift erst jetzt, dass es ein Befehl ist, vom Kommandanten. Sie fühlt in ihrer Tasche. Zum Vorschein kommt ein zusammengefaltetes Stück Papier, sie hat den Artikel über dich ausgeschnitten. Dummes Kind.

»Wo ist der Rest?«, fragst du.

»Welcher Rest?«

»Der Rest der Zeitung, du Trantüte!«

»Zu Hause«, sagt Düveke.

»Wo zu Hause?«

»In meinem Zimmer.«

Du schüttelst den Kopf. »Und was, wenn deine Mutter sie daliegen sieht, so mit einem Stück rausgeschnitten? Bist du nicht ganz bei Trost oder was?«

Düveke zuckt mit den Schultern. »Das macht doch nicht wirklich was«, sagt sie.

»Ach nein?«

»Ich weiß nicht«, sagt Düveke.

»Du weißt nicht«, wiederholst du.

Düveke ist still. Du seufzt. Schön ist das, eine Zeitung mit einem rausgeschnittenen Stück. Wie ein Schulbrot, von dem man nur das Weiche in der Mitte aufgegessen hat. Keine Lust auf Rinden.

Eure Lehrerin war schlau. Marie hieß sie, heißt sie übrigens noch immer. Früher als Vorschulkind musstest du, wenn du dein Brot aufgegessen hattest, mit deiner Butterbrotdose zu ihr. Dann schüttelte sie sie. Rindenkontrolle hieß das, echt so eine Polizeiaktion, die ihr bestimmt ihr Polizist Rob eingeflüstert hatte.

Aber du warst schlauer, du bist schon immer schlauer gewesen. Du hast die ekligen Brotrinden einfach zwischen den Rändern deiner Dose eingeklemmt, sodass sie sich leer anhörte, wenn man sie schüttelte.

Dumme Düüv. Sie hätte den Rest der Zeitung mitsamt den übrigen Schnipseln verschwinden lassen müssen. Aber gut, Düveke ist längst nicht so schlau wie du.

Du hältst die Hand auf für den Artikel.

Suche nach vermisstem Mädchen bisher ergebnislos

Aus unserer Lokalredaktion

KROMMEVEER. Die Suche nach der vermissten 12-jährigen Rifka Ravesteijn aus Krommeveer hat auch am frühen Samstagmorgen noch zu keinem Ergebnis geführt, so ein Polizeisprecher.

Die Polizei könne »ein Verbrechen nicht ausschließen«, so der Gewährsmann weiter. Taucher suchen in einem nahe gelegenen Weiher nach dem Mädchen. Außerdem durchkämmen Beamte Äcker, Gewächshäuser sowie den Wald unweit des Dorfes. Unterstützt werden sie dabei von den Dorfbewohnern sowie von Aufsehern der staatlichen Forstverwaltung.

Rifka verschwand am Freitagmorgen auf dem Weg zur Schule, die nur wenige Hundert Meter von ihrem Elternhaus entfernt liegt. Noch am selben Nachmittag wurde ein Alarm der Stufe »Amber Alert« ausgerufen, die akute Alarmstufe, wenn Kinder vermisst werden.

Feuer

Das läuft nicht gut. Nicht gut. Ü-ber-haupt nicht gut. Was ist jetzt mit diesen Scheißbriefen?

»Der Mann mit dem Schnauzbart wollte wieder mit mir reden«, sagt Düveke. »Anton heißt er.«

»Ja, und?« Es ist dir egal, ob er Anton heißt oder nicht. Solange Düüv nur das Maul gehalten hat.

Sie behauptet, ja, zum Glück. »Aber ich denke, wir sollten vielleicht doch echt damit aufhören«, sagt sie leise hinterher.

»Wirklich? Denkst du das?«

»Vielleicht.«

Du faltest das Zeitungspapier einmal und noch einmal. Und noch einmal. Und wieder. Du faltest und faltest. Es ist jetzt ein kleines Papierchen geworden, ein mickriges Stückchen Nichts.

»He.« Du leuchtest Düveke mit der Taschenlampe ins Gesicht. »Hier, fang!« Du wirfst ihr das Papierchen zu. Sie fängt es, na toll. Du leuchtest weiter. Dann sagst du: »Iss es auf.«

»Was?«

»Iss es auf.«

»Was meinst du?«

»Iss - es - auf!«

Düveke guckt ängstlich. Sie ist ängstlich. »Ich verstehe es nicht«, sagt sie.

Versteht sie es nicht? Eigenartig. Düüv versteht so vieles nicht - das stimmt -, aber das hier müsste sie doch begreifen. Ihr hattet ganz klar verabredet, dass sie knallhart bestraft werden würde, falls sie noch ein Mal was vom Aufhören sagen würde.

»Was kapierst du nicht?«, fragst du.

Düveke hat immer noch Angst. »Ich werde doch kein Papier essen«, sagt sie.

»Wirklich nicht?«

»Nein.«

»Und wieso nicht?«

Düveke schweigt.

»Weißt du was?«, sagst du. »Du darfst wählen.«

»Wählen?«

Du nickst. »Entweder du isst jetzt diesen Schnipsel Zeitungspapier«, sagst du, »oder du bekommst einen enormen Knall vor die Birne. So fest, dass –«

»Dass mir mein Nasenknochen ins Hirn dringt und ich mit einem Schlag tot bin«, flüstert Düveke.

»Genau.«

Düveke schaut dich an. Du weißt, wofür du dich entscheiden würdest. Gegen den King zu kämpfen ist das Dümmste, was man tun kann.

»Du sollst mir nicht so ins Gesicht leuchten«, sagt Düveke. Dann steckt sie das Papier in den Mund. Haha, nicht zu glauben. Sie macht es wirklich!

Düüv kaut und kaut und kaut. Es sieht lächerlich aus. Welcher arme Irre isst denn schon Papier? Sie sieht aus wie ein Tier. Und jetzt flennt sie auch noch. Na klar, bestimmt denkt sie, dass du dann Mitleid mit ihr bekommst. Von wegen!

Düüv weint und kaut. Du leuchtest sie weiter an. Sie schluckt.

»Unten?«, fragst du.

Sie wischt sich die Tränen weg und nickt.

»Sehr gut«, sagst du. »Du Tier.«

Düveke beginnt stärker zu weinen. »Warum?«, ruft sie. »Warum bist du immer so zu mir?«

»Weil du es nicht anders verdienst.«

»Überhaupt nicht!«

Du seufzt. Eigentlich ist es ein Wunder, dass sie dich noch nicht gefunden haben. »Mit einem Handlanger wie dir«, sagst du, »ist jeder Plan zum Scheitern verurteilt.«

»Was meinst du?«

»Dass du ständig alles verdirbst.«

»Ich kann doch nichts dafür«, sagt Düveke.

»Ach nein?«

»Es ist nicht meine Schuld. Echt nicht.«

»Wessen Schuld denn sonst, Dummtussi?«

Düveke fährt hoch. Als hätte eine unsichtbare Wespe sie plötzlich in den Rücken gestochen. Sie schaut dich mit großen Augen an und fragt, was du gerade gesagt hast.

»Wie bitte?«

»Wie du mich genannt hast«, sagt sie leise.

»Was weiß ich.«

»Ich habe Dummtussi verstanden.«

Du zuckst mit den Schultern. »Kann sein«, sagst du. »Ich habe gefragt, wessen Schuld es ist.«

Düveke zögert einen Augenblick, das kannst du sehen. Aber dann plötzlich sagt sie: »Die von Moris Mutter.«

»Was hast du gesagt?«

»Es ist einfach passiert.«

»Wovon sprichst du?«

Düveke wischt sich mit beiden Händen über ihr nasses Gesicht. Es dauert lang, das Wischen. Ab und zu hörst du noch einen kleinen Schluchzer, mit so einem Gurgeln in der Nase. Igitt. Endlich hat Düüv ausgewischt. Du willst wissen, was sie meint, also sagst du: »Ich fragte: Wovon sprichst du?«

Düveke schaut dich ängstlich an, sie zögert wieder. Dann tönt es ganz, ganz leise, beinahe flüsternd: »Von den Briefen.«

Nein.

O nein.

Nein.

Nein!

NEEEIIIN!

Das. Ist. Nicht. Wahr. Diese dreckige, falsche, verlogene Schlampe! Die ganze Zeit, in der du dich hier versteckt hieltest, lagen die Briefe in einem blöden Schuhkarton unter ihrem Bett. Du kennst das Kästchen, von dem Düüv spricht, schon. Auf dem Deckel steht in dicken Buchstaben H. K. geschrieben. Das bedeutet Hirnlose Kröte. Als du einmal bei Düveke zu Hause warst, hast du heimlich in die dumme Schuhschachtel geschaut. Nichts zu sehen natürlich, war nur altes Zeugs drin. Steinchen und Scherben und Plastikteile. Und eine Locke von dir, die du für Düüv abgeschnitten hast, damals, das eine Mal, als das mit der Schere in ihrer Wange und dem Blut auf dem Pullover passierte.

»Was hat die Mutter von Pferdeschwanz mit den Briefen in der Schachtel zu tun?«, fragst du.

»Das kann ich nicht erklären.«

»Tu's trotzdem.«

Düveke erzählt weiter. In der Stadt ist sie dieser Person begegnet, sie wurde sogar fast am Briefkasten erwischt.

»Und dann?«

»Dann haben wir über Mori geredet«, sagt Düveke. »Darüber, wie nett er dich und mich fand.«

»Uns?«

»Ja.«

»Na und?«

Düveke schüttelt den Kopf. »Danach wollte ich es nicht mehr«, sagt sie. »Ich wollte nicht noch mehr Leute zum Narren halten.«

»Du hast mich zum Narren gehalten!«

Düveke antwortet nicht. Ihr seid eine ganze Zeit lang still. Bis du sagst, was du ganz tief im Herzen fühlst.

»Düüv«, sagst du. »Ich hasse dich.«

Sie reagiert nicht.

»Ich hasse dich und ich habe Lust, dir ganz doll wehzutun.«

Sie reagiert immer noch nicht. Du sagst, dass sie die schlechteste Freundin auf der Welt ist.

»Er war verliebt in dich.« Düveke flüstert so leise, dass sie fast nicht zu verstehen ist, aber du hast es doch gehört. Der King hat gute Ohren.

»Verliebt?«, fragst du. »Pferdeschwanz?«

»Mori, ja«, flüstert Düveke. »In dich. Hat seine Mutter gesagt.«

Du nimmst die Taschenlampe und das Messer. Dann stehst du auf. Du leuchtest Düveke an und zeigst mit der Messerspitze auf sie. »Mitkommen.«

»Wohin?«

»Mitkommen!«

»Wirst du mir ganz doll wehtun?«

»Red kein dummes Zeug, du.« Du bedeutest ihr, dass sie aufstehen soll. Düveke tut es. Sie geht vor dir her auf den Flur.

»Nach oben«, befiehlst du.

Düveke steigt die Treppe hoch, du gehst direkt hinterher. Als ihr oben seid, leuchtest du die Tür mit dem hölzernen M an.

»Moris Zimmer«, flüstert Düveke.

»Bingo.«

Ihr betretet den Raum, steht mitten in den Trümmern. Auf dem Boden liegen noch immer die kaputte Sonnenlampe, zwei in Stücke gerissene getupfte Vorhänge und deine abgeschnittenen Locken. Plus ein Häufchen Bittbriefchen.

»Siehst du das?« Du leuchtest mit der Taschenlampe auf das Häufchen. Ihr geht hin. Du bückst dich, fischst einen Zettel heraus und faltest ihn auf. »Lieber Gott«, liest du mit einem Babystimmchen vor. »Ich will für sie dichten.«

»Ich verstehe es nicht«, sagt Düveke.

Du sagst, dass dir speiübel davon wird.

»Wovon?«

»Von deinem Freund.«

»Wen meinst du?«

»Pferdeschwanz natürlich!« Du leuchtest wieder mit der Taschenlampe in Düvekes Gesicht. »All die dreckigen Liebesbriefe, die er für dich geschrieben hat. War's denn schön, Düvetäubchen?«

»War was schön?«

»Habt ihr schön herumgeknutscht, Düvetäubchen?«

»Was meinst du?«

»Und durftest du ihn Morriporri nennen, Düvetäubchen?«

Knutschen mit Pferdeschwanz, das hieß bestimmt nicht viel. Bloß nicht zu wild mit der Zunge, sonst konnte er tot umfallen.

»Er ... war verliebt ... in mich«, flüstert Düveke vor sich hin. Sie klingt, als könnte sie es selbst nicht glauben. Und natürlich fehlen einem da die Worte.

»Völlig bekloppt«, antwortest du. »Echte Männer wählen mich und behinderte Lödeldödel wählen dich.«

Düveke bückt sich. Bestimmt will sie die dummen Zettel lesen, um sie anschließend in ihrem doofen Schuhkarton aufzubewahren. Dann weiß sie für immer, dass irgendwann jemand sie geliebt hat. Aber so einfach geht das nicht. Dass Pferdeschwanz dich eine Hexe genannt hat, braucht Düüv echt nicht zu wissen. »Finger weg!«, sagst du.

»Ich will sie lesen«, sagt Düveke.

»Du kannst viel wollen.«

»Ja, aber Mori hat sie für mich geschrieben.«

»Na und?«

»Sie sind für mich!«

»Von wegen«, sagst du. »Nimm deine dreckigen Pfoten weg!«

Düveke grapscht doch nach den Zetteln. Du gibst ihr einen Schubs, sie fällt hin. »Nur noch eine Bewegung von dir«, sagst du, »und ich zünde sie alle miteinander an.«

Heult sie jetzt schon wieder? Wäre ja auch ganz was Neues, wenn nicht. »Aber sie sind für mich«, sagt Düüv mit Tränen in den Augen.

Na gut, sie will es nicht anders. Du holst das Feuerzeug aus deiner nassen Tasche und hockst dich neben den Haufen.

»Nicht!«, ruft Düveke.

»Halt's Maul, ja?«

Du zündest einen Zettel an, er brennt sofort. Noch bevor du das Feuerzeug wieder in die Tasche zurückgesteckt hast, brennen schon alle Zettel. Der Haufen stürzt ein. Ein brennendes Stück Papier fällt auf einen Streifen von den abgerissenen Tüpfelvorhängen, der sofort fröhlich Feuer fängt. Es geht schnell, rasend schnell. Mit dem Messer schlägst du auf den Vorhangstreifen ein, aber das hilft nichts. In ein paar Sekunden steht der ganze Streifen in Flammen.

»Mach das aus!«, schreit Düveke.

Das möchtest du zwar, aber du weißt nicht, wie. Austreten geht nicht, du hast nur Socken an.

»Mach du's doch!«, schreist du zurück. »Mit deinen Stiefeln!«

Düveke steht auf, aber sie tut es nicht. Sie rennt zur Tür, aus dem Zimmer, die Treppe runter.

»Düüv! Bleib hier!«

Alle Streifen des Vorhangs brennen jetzt lichterloh. Und von dem anderen Vorhang auch. Und ein Stück von dem Holzfußboden. Das Feuer ist schnell, viel zu schnell. Die Flammen greifen über auf alles, was nur ein bisschen brennbar ist. Es wird knallheiß im Zimmer. Du weißt sicher, dass du dieses Feuer allein nie mehr ausbekommen wirst.

Dir fällt nur noch eines ein: Nichts wie weg!

»Düüv!«, rufst du. »Warte auf mich!«

Sie steht am Zauntor, ihr Fahrrad an der Hand, und weg ist sie. Du rennst hinterher. Jetzt erst merkst du, dass du das Messer noch in der geballten Faust hast.

»Düveke!« Eigentlich darfst du nicht schreien, außerhalb der Villa kann dich sonst wer hören. Düveke radelt einfach weiter. So eine dumme, egoistische Kuh.

Auf Socken und im Spiderman-Pulli und mit einem Messer in

der Hand rennst du durch den strömenden Regen. Düveke ist fast nicht hinterherzukommen, aber du bist der King.

Der King rennt und dreht sich um zur Villa. Es ist nicht zu glauben. Aus dem Fenster oben schlagen Flammen, aus dem Zimmer von Pferdeschwanz. Warum löscht der blöde Regen das blöde Feuer denn nicht? Du hast keine Zeit, darüber nachzudenken. Du musst weiterrennen, darfst Düveke nicht aus den Augen verlieren.

Noch ein ganzes Stück vor dem Ortseingang holst du sie ein. Mit deiner freien Hand ziehst du am Gepäckträger.

»Nimm die Finger weg!«, ruft Düveke. Sie versucht weiterzuradeln, aber das geht nicht. Du hast das Fahrrad schon fest im Griff.

»Stopp!«, sagst du. »Und den Schnabel halten, du!«

»Lass mich gehen!«

Düüv gehen lassen? Sie hält dich wohl für verrückt? Du stellst dich vor das Fahrrad und umfasst mit einer Hand den Lenker. Mit der anderen Hand richtest du das Messer nach vorn.

»Was willst du denn tun?«, ruft Düveke. »Na? Na? Ist jetzt sowieso alles zu spät!«

Du schüttelst den Kopf. Was denkt sich dieses Kind? Es ist nie zu spät. Niemals. Ja okay, die Briefe wurden nicht verschickt. Und in der Tat, dein Unterschlupf steht in Flammen. Aber du bist zufällig auch der einzige, der echte King. Und diesem King fällt immer wieder was ein. Du bist Rifka die Unbesiegbare.

»Absteigen!«, befiehlst du.

Sie muss. Das Messer ist scharf und nah. Düveke steigt ab und fragt, wohin ihr geht.

»Dreimal darfst du raten«, sagst du.

Sofort beim ersten Mal liegt sie richtig.

Messer

Es ist kalt am Lila Weiher. Eiskalt. Deine Hose und dein Pullover kleben dir wie gefrorene Lappen am Leib. Du bist nass bis auf die Unterhose. Es scheint, als würde dir nie mehr warm werden.

»Wir müssen die Feuerwehr anrufen«, sagt Düveke.

»Wir müssen gar nichts.« Du hältst das Messer noch immer fest in der Hand. Wenn du es aus Versehen loslässt, saust Düüv bestimmt wie der Wind davon.

»Ja, aber gleich brennt das ganze Haus ab.«

»Na und?«

Ihr habt euch untergestellt, unter einem Baum, nah aneinander, um nicht noch nasser zu werden. Das Fahrrad ist gegen den dicken Stamm gelehnt. Er gleicht dem Baum, auf dem du dich versteckt hast - damals mit Olivier und Ilona -, aber ohne Taschenlampe ist wenig davon zu sehen. Nur der Spiegel des Weihers gibt noch ein klein wenig Licht.

Wie spät es wohl ist? Das Nokia liegt in dem brennenden Haus und es sind noch keine Sirenen zu hören. Aus, Nokia. Du fragst Düüv, wie spät es ist. Sie trägt eine Armbanduhr, so ein kindisches, knallgelbes Babyding. Düveke streift den Ärmel hoch und betrachtet die Leuchtzeiger. »Fast halb drei«, sagt sie.

Du denkst nach, es muss wirklich was geschehen. Du versuchst, alles noch mal der Reihe nach durchzugehen.

1. Düüv hat die Briefe nie abgeschickt.
2. Düüv ist nicht mehr deine Freundin.
3. Dein Freund hat etwas mit Ilona Pielkenrood.
4. Dein Freund ist nicht mehr dein Freund.
5. Du wirst nach wie vor vermisst, aber es kann noch endlos lange dauern, ehe es eine Beerdigung gibt.
6. Dein Versteck brennt gerade ab.

Jetzt weißt du, was geschehen muss. Es ist Zeit, damit aufzuhören. Dein Plan war großartig, aber alles läuft anders als erwartet. Aus der Beerdigung wird ganz bestimmt nichts mehr, und selbst wenn sie doch noch stattfinden sollte, wird dieser doofe Olivier sicher nichts sagen. Dieses Ekel hat dich im Stich gelassen. Beim Militär nennt man das einen Deserteur. Du weißt, was sie früher mit Deserteuren gemacht haben. In Kriegszeiten wurde ihnen der Kopf abgehackt. Zack-bumm, ohne Gnade. Wenn es nach dir geht, dürfen Bruder und Schwester demnächst zusammen aufs Schafott, Kopf an Kopf auf den Hauklotz für Verräter.

»Tja«, sagst du zähneklappernd. »Glückwunsch, Düüv. Du hast es geschafft.«

»Was habe ich geschafft?«

»Wir machen Schluss.«

»Womit?«

»Mit allem.«

»Auch damit, dass wir Freundinnen sind?«, fragt Düveke.

Es ist eine merkwürdige Frage, dennoch nickst du. Vielleicht sieht Düüv das nicht, aber sie wird die Stille bestimmt richtig verstehen. Ihr sagt eine Weile nichts. Du entspannst deine Muskeln, das Zähneklappern hört auf. »Hast du jetzt, was du wolltest?«, fragst du.

Du spürst durch deinen nassen Pullover hindurch, wie Düüv mit den Schultern zuckt. »Es hätte sowieso nicht geklappt«, sagt sie.

»Ja«, sagst du. »Weil du die Briefe nicht abgeschickt hast!«

»Und weil eine Trauerfeier nie so schnell stattfindet.«

»Was meinst du?«

Düüv behauptet, dass sie es nachgeschaut hat, zu Hause. »Wenn jemand vermisst wird«, sagt sie, »dauert es oft mehr als ein Jahr, bevor man denjenigen wirklich für tot erklärt. Und dann erst findet eine Trauerfeier oder so was wie eine Beerdigung statt.«

»Wo stand das?«

»Im Internet.«

»Du lügst.«

Düveke schüttelt den Kopf. »Es ist so.«

Du denkst nach. Was Düüv sagt, klingt gar nicht mal so verkehrt, vielleicht stimmt es ja. Dann war der ganze Plan also schon von Anfang an zum Scheitern verurteilt. Außer du könntest dich länger als ein Jahr verstecken, aber das ist natürlich unmöglich.

»Denk nur nicht, dass ich einfach so wieder nach Hause spaziere«, sagst du.

»Ach«, sagt Düveke. »Und warum nicht?«

»Das geht nicht.«

Düveke nickt. Endlich kapiert sie mal etwas. Einfach wieder nach Hause gehen ist auch völlig Banane. Dann schreiben die Zeitungen: Panik wegen nichts, Leute. Rifka Ravesteijn ist wieder da. Sie war kurz weg, aber jetzt ist sie wieder zurück.

Nein, das geht nicht. Und außerdem, was solltest du sagen? Dass du ein paar Tage Ferien machen wolltest? Dass du dich verirrt hattest? Dass Marsmännchen dich entführt hatten?

He, warte mal. Die Entführung, das können wir lassen, zusammen mit deiner Flucht, die du dir nach der Beerdigung ausdenken wolltest. Dann bist du vielleicht nicht tot, aber doch der Held des Dorfes. Des Landes sogar. Das ist wenigstens etwas.

»Wir tun immer noch, als wäre ich entführt worden«, sagst du.

»Wie du willst«, sagt Düveke.

Sie benimmt sich total nervig, du ärgerst dich wieder mal kaputt. Diesmal nicht deshalb, weil Düüv dumm tut, sondern weil sie ruhig tut. Viel zu ruhig. Als ob ihr das Ganze vollkommen egal wäre.

»Du radelst gleich ganz normal nach Hause«, sagst du.

»Meinetwegen.«

Du tust, als würdest du die Gleichgültigkeit in Düvekes Stimme nicht hören. »Und dann legst du dich ins Bett«, sagst du. »Und dann komme ich ein wenig später auch ins Dorf.«

»Gut«, sagt Düveke. »Und wollen wir dann ausmachen, dass wir ab Montag in der Schule keine Freundinnen mehr sind?«

»Was?«

»Das R. D. F. steht für nichts.« Düüv ist sich ihrer Sache sicher. »Es ist nicht wahr«, sagt sie. »Erst recht nicht forever. Du hältst mich doch eigentlich für genauso eine Dummtussi wie den Rest, oder?«

Du sagst nichts. Will Düveke hier jetzt auf einmal Entscheidungen treffen? Sie hat natürlich recht. Ohne Olivier brauchst du sie auch nicht mehr.

»Ich werde versuchen, die Freundin der anderen Dummtussis zu werden«, sagt Düveke. »Und nach dem Sommer gehst du aufs Pancratius und ich aufs Piet Hein.«

Es klingt gut, was sie sagt. Vielleicht wäre es besser gewesen, du hättest es gesagt, aber irgendwie ist es auch gut, dass Düüv es jetzt selbst einsieht. Das erspart dir eine Menge Hin und Her.

»Einverstanden?«, fragt Düveke.

»Okay«, sagst du.

»Hand drauf.«

»Was?«

»Hand drauf«, sagt Düveke noch einmal. »Das gehört sich so. Erst dann ist es echt.«

Dir kann es recht sein. Du legst das Messer neben dich auf den Boden und streckst die Hand aus. Ihr schüttelt euch die Hände. Ab Montag bist du diese lahme Trantüte also ganz offiziell los.

»Fantastisch«, sagst du. »Nicht forever also. Jetzt aber ab nach Hause, dann komme ich in einer Stunde ins Dorf gegangen.«

»Ins Dorf gewankt«, verbessert mich Düveke.

»Gewankt?«

»Du bist natürlich verletzt«, sagt sie. »Das gehört dazu.«

»Wieso denn?«

»Das haben die angeblichen Entführer getan.«

»Meine Haare sind doch schon ab?«

Düveke schüttelt den Kopf. »Das ist nicht genug«, sagt sie. »Du musst auch echt irgendwas haben.«

»Wie meinst du das?«

»Etwas mit Blut.«

Du erschrickst ein bisschen. Düveke kann kein Blut sehen, das weißt du genau. Als sie diese kleine Wunde auf der Wange hatte, damals bei der Sache mit der Schere, ist Düüv fast ohnmächtig geworden. Obwohl es nur ein klitzekleines bisschen geblutet hat. Warum sagt sie dann jetzt so etwas?

»Ich werde mir doch nicht selbst wehtun!«, antwortest du.

»Nein«, sagt Düveke. »Aber ich.« Gleichzeitig bewegt sie ihre Hand zum Boden. Da liegt das Messer mit den kleinen Dellen. Sie nimmt es und zeigt mit der Spitze auf dich. »Soll ich?«, fragt sie.

»Wovon sprichst du?«

»Traust du dich nicht?«, fragt Düveke. »Es wird nur ein ganz kleiner, mickriger Messerstich, weißt du.«

»Ja, aber ...«

»Aber?«

Du zuckst mit den Schultern.

»Ich mache es nicht tief«, sagt Düveke. »Einfach ein bisschen. Einen kleinen Stich. Dass es zwar blutet, aber nicht wehtut.«

Du denkst nach. Es wäre schön, wenn dir jetzt etwas einfiele. Du bist gut darin, aber jetzt gerade kommt dir nichts in den Sinn. Düüv sagt, dass sie dich stechen will, damit nachher alles echter aussieht. Nicht zu tief, aber wohl mit Blut.

Ha, ein Glück. Dir ist etwas eingefallen. Als ob Düüv sich das je trauen würde!

»Na gut«, sagst du.

»Okay«, sagt Düveke. »Hast du das Feuerzeug noch? Ich muss natürlich schon was sehen können.«

Du fummelst das Feuerzeug aus deiner nassen Hose und

reichst es ihr. Jetzt hat Düveke das Messer und das Feuerzeug. Sie versucht, das Flämmchen hervorzuzaubern. Beim dritten Mal funktioniert es, aber es wird sofort wieder ausgeblasen.

»Dann nicht«, sagst du.

Düveke tut, als würde sie dich nicht hören. Sie fühlt unter ihrer Regenjacke und fischt ein Handy hervor, ein altes blaues Samsung zum Aufklappen. Düveke klappt es auf. Es leuchtet sofort. »Wo?«, fragt sie, während sie das Telefon vorsichtig suchend an deinem Körper entlangbewegt. »Vielleicht in deinen Bauch?«

Diese Düüv! Jetzt tut sie plötzlich so, als wäre sie cool, als würde sie sich unheimliche Sachen trauen! Aber darauf fällst du nicht herein. Diese dösige Dumpfbacke will dich einfach nur ein bisschen herausfordern. Sie will sehen, wann du aufgibst, wann du Angst bekommst und sagst, sie solle aufhören damit. Aber dann kennt sie dich noch nicht. Du bekommst keine Angst - niemals -, denn so bist du ganz und gar nicht. Es gibt nur einen madderfacking King. Dieser King ist unerschrocken.

Du ziehst den Spiderman-Pulli hoch. »Nur zu«, sagst du. »Nur zu, wenn du dich traust.«

»Bist du dir sicher?«, fragt Düveke.

Siehst du? Es konnte auch nicht anders sein. Jetzt macht sie selbst einen Rückzieher, diese blöde Hosenscheißerin.

»Ganz sicher«, sagst du.

»Echt?« Düveke fährt mit dem Telefon von deinem Bauch zu deinem Kopf. Und dann noch ein Stückchen höher, zu dem Stamm des Baumes.

Olli Herzchen Rifka

Hat Düüv das jetzt echt gesagt oder hast du es dir eingebildet? Du meintest, es gehört zu haben, aber das wäre wirklich ein sehr großer Zufall. Du versuchst, etwas in ihrem Gesicht zu lesen, aber darin ist nichts Besonderes zu sehen.

Düveke leuchtet schon wieder auf deinen nackten Bauch. Bestimmt war es das Rauschen des Windes, das Tropfen des Regens. Einfach irgendein dummes Geräusch, in dem du etwas Verrücktes gehört hast. Hier stehen mindestens tausend verschiedene Bäume.

»Na«, sagt Düveke, »dann wollen wir mal.«

Klingt ihre Stimme jetzt anders als vorhin? Nein, natürlich nicht. Es war Einbildung. Düüv hat nichts gesehen, nichts gelesen. Sie ahnt nichts von Olivier und dir.

»Gut, beeil dich.« Du weißt, dass sie sich das nie traut, trotzdem spannst du deine Muskeln an.

»Ich tue es echt, hörst du?«

»Jetzt mach schon.«

»Hundert Prozent?«

»Ja-ha!«

»Bist du dir echt ganz und gar sicher?«

»Na los, feige Dummtussi!«

Ganz kurz scheint es, als ob Düveke das Messer auf deinen Bauch zubewegt. Du schließt die Augen und wartest.

Vierzehnjähriger beging möglicherweise Mord an »Mädchen aus Krommeveer«

Aus unserer Lokalredaktion

KROMMEVEER. Im Zusammenhang mit der Fahndung nach dem Mörder des »Mädchens von Krommeveer« hat es eine Verhaftung gegeben. Das hat ein Sprecher der Polizei bestätigt.

»Ein Dorfbewohner meldete sich heute früh »aus eigenem Antrieb in der Polizeidienststelle«, so der Gewährsmann.

Über die Identität des möglichen Täters wurde aufgrund der laufenden Ermittlungen nichts bekannt gegeben, aber Eingeweihten zufolge könnte es sich um den erst 14-jährigen Olivier de V. handeln. Er war ein Bekannter des Opfers und soll inzwischen ein Geständnis abgelegt haben.

Die 12-jährige Rifka Ravesteijn aus Krommeveer wurde seit Freitag letzter Woche vermisst. Trotz groß angelegter Suchaktionen und der fast sofortigen Ausrufung eines sogenannten Amber-Alert-Großalarms dauerte es annähernd 48 Stunden, ehe ihre Leiche in dem Wald unweit des Dorfes aufgefunden wurde. Das Mädchen war da schon geraume Zeit tot. Die Autopsie ergab, dass sie mit einem einzigen Messerstich ums Leben gebracht wurde. Die vermutliche Mordwaffe wurde nicht lange nach der Entdeckung des Mädchens aus einem nahe gelegenen Weiher geborgen.

In Krommeveer reagierte man mit Entsetzen auf die Festnahme. Einer anonymen Quelle aus dem näheren Umfeld der Ermittlungen zufolge befanden sich auf der Regenjacke des 14-jährigen Olivier angeblich Blutspuren. Auch sollen seine Fußspuren an der Stelle gesichert worden sein, wo die sterblichen Überreste des Mädchens gefunden wurden. Zur Tatzeit soll das Opfer einen Pullover des Jungen getragen haben. Die Polizei wollte die Richtigkeit dieser Aussagen weder abstreiten noch bestätigen. Doch sprach der Wortführer von »einem möglichen Durchbruch« in dem Fall.

Ob dies bedeutet, dass der Junge tatsächlich des Mordes verdächtigt wird, könne »beim jetzigen Stand der Ermittlungen« noch nicht gesagt werden.

Gideon Samson, 1985 in Den Haag geboren, verfasste bereits in der Grundschule kleine Geschichten. Im Alter von 22 Jahren veröffentlichte er sein erstes Buch, dem bald weitere folgten. Er ist der jüngste Autor, der jemals mit dem *Silbernen Griffel* ausgezeichnet wurde. »70 Tricks, um nicht baden zu gehen«, sein erstes Buch im Gerstenberg Verlag, stand 2014 auf der Liste *Die besten 7 Bücher für junge Leser.*

Rolf Erdorf, 1956 in der Eifel geboren, studierte Germanistik und Niederländische Philologie. Für seine Übersetzungen wurde er unter anderem mit dem *Martinus-Nijhoff-Preis*, dem *Gustav-Heinemann-Friedenspreis* und dem *Deutschen Jugendliteraturpreis* ausgezeichnet.

Wir danken dem Nederlands Letterenfonds
für die Förderung der Übersetzung ins Deutsche.

Nederlands
letterenfonds
dutch foundation
for literature

1. Auflage 2015

Die Originalausgabe erschien unter dem Titel *Zwarte Zwaan*
bei Uitgeverij Leopold bv, Amsterdam 2012.

Übersetzung: Rolf Erdorf
Umschlaggestaltung: init.büro für gestaltung, Bad Oeynhausen
Umschlagabbildung: © Thinkstock! / iStock
Druck und Bindung: GGP Media GmbH, Pößneck
Printed in Germany

ISBN 978-3-8369-5799-1

www.gerstenberg-verlag.de